Felice Siana
Carbonbetonherz

Bibliografische Information der Deutschen Nationalbibliothek:
Die Deutsche Nationalbibliothek verzeichnet diese Publikation in der Deutschen Nationalbibliografie; detaillierte bibliografische Daten sind im Internet über http://dnb.dnb.de abrufbar.

© 2019 Felice Siana

Herstellung und Verlag: BoD – Books on Demand, Norderstedt

ISBN: 9783743128200

Exposition

Nichts und alles in diesen Zeilen ist zufällig. Sie sind voller Anspielungen auf Dinge, die du nicht verstehen kannst, weil du sie ganz anders gelebt hast. Mein roter Himmel trägt einen anderen Ton von Blau als deiner. Wenn sich aber nur zwei streiten, was ich wohl gemeint habe, so habe ich mein Ziel erreicht und sie vom Wesentlichen des Daseins abgelenkt.

Die Muse ist tot – Es lebe die Muse

Ich habe mir immer meine Musen gesucht, denn heißt es nicht, man soll nur das schreiben, was man zu leben vermag? Muse zu sein ist eine Mission, die man sich nicht erwählen kann, sie wird einem fremdbestimmt auferlegt und sie ist ein Amt ohne Vetorecht, ein Amt auf Zeit zu sein ist ein Teil ihrer Identität. Es kommt vor, dass ich nachts schweißgebadet aufwache. Noch halb im Traum fürchte ich den Tod der festen Überzeugung selbst eine Muse zu sein.

Wenn es doch dunkel um mich ist, wie soll ich wissen, dass mir mein wertvollstes Gut, die Fähigkeit zum kreativen Schaffen, geblieben ist? Wenn es finster ist, muss dann nicht einer jener Dunhamschen Lichträuber an meinem Bett gesessen haben? Wie gut, dass ich im Onlineshop meines Vertrauens vorsorglich genug Lampen geordert habe. Ich knipse eine von ihnen an. Mehr Licht!

Auf meinem Schreibtisch steht noch ein Fässchen halbvoll mit Kassandras Tinte. Mit ihr kann ich nicht nur die unerwiderte Gegenliebe gebären. Eines Tages, geliebte Muse, wird auch dein Untergang

Thema werden und die Fantasie über dich gesiegt jubilieren. Meine Feder, die ich deinem Vorgänger vital aus dem Gefieder zog, kennt noch weit stilvollere Abgänge, als sie der gemeine Krebs bewusst ersinnen könnte. Du wirst - weit mehr als gerade - leiden. Ausgeweitete Emotionen. Ich werde dich bereuen, du bist nun entschuldigt. Unser Leben jedoch unterliegt - so grausam es scheint - dem Utilitarismus und nur unsere Eitelkeit kann uns kurz von ihm befreien. Doch zu welchem Preis? Ist es Glück, den Gewehrkugelhagel zu stoppen, um sich dem Füllen der Kanone zu widmen?

Ich danke all jenen Menschen, Dingen und Gedanken, die so bereitwillig, unwissentlich für das Wort gestorben sind oder auch nur ihre Federn lassen mussten und setze all meinen Glauben ein, der rechte Leser werde es mir gleich tun.

Lebensgeschichte

Das Format von Kurzgeschichten ist ihr ein angenehmes. Man kann sie ganz ausgezeichnet zwischen zwei Haltestellen in der Bahn lesen und hat man keine eigene dabei, so zieht man sich ganz einfach eine aus dem Automaten. Sie kann sich keine Redundanz wie die Schaffung immenser sphärischer Bilder leisten, diese belässt sie ganz in der Verantwortung des Imaginationszentrums des Lesers, ohne es hingegen zu versäumen, seiner Aufmerksamkeit ein Netz aus Nylon zu spinnen. Hat eine Figur also schwarze Haare, so hört sie nicht auf, diese zu haben, nur weil es nicht gesagt wird und kann man es doch mehr als fantasieren, ist davon auszugehen, dass die Eigenschaft der Schwarzhaarigkeit weit mehr als der Hinweis auf die Pigmentierung eines Hornfadens ist. Man weiß schon, wie das läuft, man gibt sich erfahren, kennt die Weltliteratur und wenn nicht, ach, es ist ja schließlich ~~nicht~~ die erste Erzählung in diesem Band. In diesen Geschichten ist keine Meute, da ist ein Einzelner, geschaffen, um ein Problem darzulegen und ganz gleich, ob man's mit dem Schlusspunkt gerafft hat, ob man's noch mal liest oder nicht, die Seite gleich resigniert umschlägt, mit der nächsten Überschrift, auch wenn es dieselbe sein sollte, ist der Protagonist unwiderruflich fort, weit berechenbarer als im wirklichen Leben, vor allem weil man in diesem nicht schon mal weiter blättern kann, um zu sehen, wann der nächste Abschied naht, aber früher und später sind die Haupt- und Nebenfiguren doch alle ausgetauscht und verdingen sich in anderen Plots.

Doch ihr Verleger widerspricht ihr, Romane verkaufen sich einfacher, in einem Jahrhundert der Bilder gilt das mehr denn je, je dicker, desto besser. So bekommt der ungeübte Leser mehr für sein Geld, kann sich in fremde Träume und im Konsum verlieren. Ihm sei es gegönnt, in dem Luxus zu schwelgen, nichts zu tun, um die Minuten des Nichtseins mit der Fiktion des eigenen Seins zu füllen. Er hat hart dafür geschuftet.

Und so reiht sie, gute Autorin, die sie ist, Wort an Wort, immer schneller tasten sich die Finger über die aufgedruckten Buchstaben und ihre Fingernägel kratzen mit jedem Anschlag ein paar Moleküle mehr Farbe hinfort. Schneller, schneller, jeder Gedanke sitzt und wie ihr Gehirn sie formuliert, hinterfragt sie sie nicht mehr, sondern notiert sie ohne Zeitsprung. Sie häuft bekannte Bilder auf, Detail um Detail in all den Farben des Spektrums. Reflektieren kann sie später und auch die Buchstabendreher und die vergessenen Buchstaben, die natürlich nicht vergessen sind, nur die Energie war zu schwach, als sie die Taste anschlug, denn das Frühstück, das hat sie ganz einfach weggelassen und das Abendessen vergessen, all das lässt sich später korrigieren. Sie wischt sich eine Strähne aus der Stirn und die Buchstabenfarbe hinein. Jetzt gilt es den Gedankenstrom nicht zu brechen, immer fortschreiten im Text, bis sie ganz sie selbst ist, ganz fern von ihrem Ich igelt sie sich ein in den stetigen Fluss. Die Finger verkommen zum notwendigen Übel zwischen Hirn und Text, ein simples Arbeitsmittel, was der Geschwindigkeit niemals genügen kann. Genug ist eben nicht genug. Die Worte kreisen um sie, legen sich gleich einem Mantel auf die kühle Haut. Die Kühle nimmt sie nicht wahr und auch als die Worte näher aneinander rücken, weil es allmählich eng wird auf ihrem Körper, bemerkt sie es nicht. Sie ist ganz in ihrem Schaffen, fügt immer neue Wörter zu den alten. Immer undichter wird der Text, immer länger, doch der Raum, er bleibt der Gleiche und allmählich verkleistern die Poren mit all den geschaffenen Bildern und der Langatmigkeit der Beschreibungen bis ins letzte Detail ausgeführt. Doch sie steht nicht auf, es muss weiter gehen, es fließt gerade so schön aus ihrem Kopf. Mit einem Mal wird ihr ganz warm, sie pustet ein wenig Luft aus dem geöffneten Mund. Die Lippen fühlen sich ganz rissig an und sie leckt mit der Zunge über die eng stehenden Details und auch der Mund ist schon ganz trocken, weil da nichts ist als der beständig aus ihr fließende Wörterbrei. Raue, trockene Buchstaben liegen nun bereits über den Schleimhäuten, drängen sich noch ein Stückchen dichter aneinander, stapeln sich schuppenhaft auf und verkeilen sich ineinander. Nun ist sie ganz mit ihrem Text verwachsen und wie da endlich die ganze Haut schon schwarz gefärbt ist und den neuen Buchstaben kein Platz mehr bleibt, da reicht die innere Lunge nicht mehr. Alle Poren fest verschlossen, zwingt sie ihr Text die Atmung einzustellen. Und so liegt er da mit seinem offenen Ende, zum Fragment verdammt und der Leser wird nie erfahren, wie es der Figur gelungen ist, aus ihrer misslichen Lage zu entkommen.

Wer hat sie gefunden? Wer hat da so geistesgegenwärtig den Buchstabenpanzer aufgerissen und sie zum offenen Fenster gebracht? Ersthelferlehrgang für Verlage?

Wie es mit den Süchtigen ist, und das Schreiben ist ihr ein innerer Zwang, schon am nächsten Tag sitzt sie wieder am Schreibtisch und bearbeitet die Tasten aufs Neue. Hat sie die Wahl, so will sie lieber an ihren eigenen Texten ersticken, als von innen von ihnen aufgefressen zu werden.

Satz Satz Satz Satz Satz Satz Satz Satz
Satz Satz Satz Satz Satz Satz Satz Satz Satz

Satz Satz Satz Satz Satz Satz Satz Satz
Satz Satz Satz Satz Satz Satz Satz Satz Satz
Satz Satz Satz Satz
Satz Satz Satz Satz Satz Satz Satz Satz
Satz Satz Satz Satz Satz Satz Satz
Satz Satz Satz Satz Satz Satz Satz Satz Satz
Satz Satz Satz Satz Satz Satz Satz Satz

Satz Satz Satz Satz Satz Satz Satz Satz
Satz Satz Satz Satz Satz Satz Satz
Satz Satz Satz Satz Satz
Satz Satz Satz Satz Satz Satz Satz Satz Satz Satz
Satz Satz Satz
Satz Satz Satz Satz Satz Satz
Satz Satz Satz Satz Satz Satz Satz Satz Satz
Satz Satz Satz Satz Satz Satz Satz Satz
Satz Satz Satz Satz
Satz Satz Satz Satz
Satz Satz
Satz Satz Satz Satz Satz Satz Satz
Satz Satz Satz Satz Satz Satz Satz Satz Satz
Satz Satz Satz Satz Satz Satz Satz
Satz Satz Satz Satz
Satz Satz Satz Satz
Satz Satz Satz Satz Satz Satz Satz Satz Satz
Satz Satz Satz Satz Satz Satz Satz Satz Satz
Satz Satz   Satz Satz Satz Satz Satz Satz

Satz Satz Satz Satz Satz Satz Satz Satz
Satz Satz Satz Satz Satz Satz Satz Satz Satz

Satz Satz Satz Satz Satz Satz Satz Satz
Satz Satz Satz Satz Satz Satz Satz Satz Satz
Satz Satz Satz Satz
Satz Satz Satz Satz Satz Satz Satz
Satz Satz Satz Satz Satz Satz
Satz Satz Satz Satz Satz
Satz Satz Satz Satz
Satz Sa Satz
Sa Satz
Sa
atz
S tz
Sa ltz
Sat
atz
Satz
Sa
Satz Satz Satz atz Satz Satz
Satz Satz Satz Satz Satz Satz Satz Satz
Satz Satz Satz Satz Satz Satz
Satz Satz Satz Satz
Satz Satz Satz Satz
Satz Satz Satz Satz Satz Satz Satz Satz Satz
Satz Satz Satz Satz Satz Satz Satz Satz
Satz Satz   Satz Satz Satz Satz Satz Satz

Und wenn da doch ein Sinn ist?

I. DU SOLLST KEINE GÖTTER HABEN
Jeden Abend sitzt du an der gleichen Stelle, denn Gewohnheiten helfen dem Leben eine Struktur zu geben und wer kann davon nicht manchmal ein bisschen mehr brauchen? Du eigentlich nicht, denn im Krankenhaus hattest du genug der ewig gleichen Abläufe und doch hast du dich dafür entschieden sie ein Stück weit aufrechtzuerhalten.

Es war dir wichtig, dass der Stuhl, auf dem du Platz nimmst, ein möglichst unbequemer ist. Immerhin keine Nägel auf dem Polster, Anachronismen haben in deiner Welt nichts verloren. Doch das Polster hast du dir auch gespart, viel zu langfristig gedacht, jetzt heißt es bloß nicht sitzen bleiben.

Momentan ist dein Leben ein Einerlei, wer weiß, was da noch kommt, um die Tage voneinander zu scheiden. Vielleicht bleibt es fern und die Entscheidung wird sich ewig vor dir fürchten.

Du legst die linke Hand in die rechte, denn du glaubst daran, dass ER es schon mit sich bringen wird. Dieses Fünkchen, was dir gerade fehlt, nenn es Hoffnung, nenn es Sinn, nenn es Erfüllung gar. Du lässt dir alle beschützen, was eine ganze Weile dauert, so lang ist die Liste und es darf keiner vergessen werden. Lautlose Worte über Lippen geformt und im Geiste verhaftet, du hast sie verinnerlicht, als seien sie Poesie, die dein Herz verließ. Vielleicht sind sie's und haben nur noch nicht den rechten Übersetzer gefunden.

Sei's drum, deine kleine Routine lässt du dir nicht nehmen und murmelst der Einsamkeit entgegen. Du hoffst auf den Einlass in die Welt, deren Moral über der von dir gelebten liegt.

II. DU SOLLST DIR KEINEN NAMEN MACHEN
Nur ein Tritt, doch der erst nach dem Leben und so wirst du dich entscheiden müssen, was dich töten soll. Es ist an der Zeit, deinen Mythos zu wählen.

Wirf dein Innerstes unter die Tasten, liebkose das Papier damit und deine eigenen Worte werden gegen dich ins Gefecht ziehen. Sie erheben die Waffe gegen Hirn und Herz des eigenen Schöpfers, denn nur so können sie die Vereinigung mit dem Leser vollziehen. Doch Autor, nennst du dich Ödipus, so ist das nicht mehr als dein Name, eine Idee, der jegliche Menschlichkeit wie einer Essenz entzogen wurde.

Oder du hörst auf zu schreiben und beginnst zu erblühen, ignorierst all die Menschen, die dir den Wahnsinn diagnostizieren. Beeile dich, sonst verpasst du das Karoshi. Dann musst du ewig streben, bis dich die Gleichgültigkeit einholt: Lust wird zu Pflicht. Von Menschen kannst du dich scheiden, von Missionen nicht. Weil du ein Ziel hast und etwas zu haben heißt, es verfolgen zu können. Du musst es nur ganz klar sehen, so klar wie vor dem Tod.

Weil sie deinem Ich nicht entgegenwirken, verpasst du den Zeitpunkt des Absprungs und irgendwann sind sie zu groß für dich und überrollen dich. Sie stechen nicht zu, wie Menschen es tun, sie werfen dich lautlos zu Boden und nehmen dir den Atem. Sieh zu, ob du wieder aufstehen kannst. Vielleicht ist es bereits vorbei, doch du greifst nach dem Stock, den man dir reicht und erkennst in der Dunkelheit nicht, dass es eben jener Gewehrlauf ist, den du deinem Gegenüber höchst selbst in die Hand gedrückt hast.

Um dich herum pulsiert es, es schwirrt und schwatzt und bildet Harmonien, ein Meer aus Farben, das wirkt wie ein Anti-Aspirin. Je leerer es in dir ist, umso lauter soll dich die Umwelt fordern. Sie beugt sich deinem Willen und zerstört so den letzten Funken Menschlichkeit in dir. Du musst dich dem Rauschen annehmen, hast du es erst einmal ertragen, ist die Wiederholung einfach, ja heilsam. Du fürchtest die Stille, doch sie rettet dich. Mit jeder Minute der Einsamkeit kitten sich die verlorenen

Gedanken. Der Tod ist gewiss, die Retina schwindet. Du siehst den Grund des Endes nicht, denn er wuchert in dir und verdrängt dein Ich so Stück für Stück. Fest steht nur, dass es dein eigenes Leben sein wird. Gewesen war?

Große Männer nutzen Namen, doch ob die Menschen dahinter wichtig sind, weißt du nicht. Wer sagt denn, dass nicht der einzige Verdienst dahinter die Fantasie ist und vielleicht ist dieser am Ende größer als alles Durchkämmen alter Schriften es je sein könnte.

Wenn Wörter zu Worten werden, ist es an der Zeit, dein Recht abzugeben. Ganz gleich, was der Übersetzer sagt, du bist nur einer und das Kollektiv sind viele, aber es reicht, wenn einer von ihnen will. Wir Autoren haben doch alle nur Angst vor weißen Seiten, die uns die Leere vor die Netzhaut festschreiben.

Papier sieht sich weg, es ist ein Stapeltier und hat es einmal begonnen sich zu türmen, wird es unsichtbar. War wohl der Grund, warum du immer alles zuerst lesen wolltest. Schnell noch die fremde Welt entdecken, bevor die Buchstaben sich aufgelesen haben.

Nur im Chaos der verstreuten Buchstaben liegt die wahre Schönheit. Jande kish jahl poam juen lak.

Passiert, wenn man, ohne hinzusehen, mit einem leeren Kopf auf die Tasten drückt. Du kannst nichts Hässliches entdecken und es lässt dich weiter schreiben. Doch! Doch soviel Unordnung muss sein, dass du nicht am Ende den Büchern die Arbeit überlässt, sich selbst zu schreiben.

Geschrieben zu haben heißt lesen zu müssen. Dadurch ändert sich alles. Ungefragt ferrantiert. Leg deine Häute ab, Stück für Stück, dass deine Leser sich darin im Winter wärmen. Deine Selbstinszenierung wird eins sein mit dem von dir gewählten Namen und beides ist nur Konjunktiv.

Weil ich mir die Freiheit nehme, die Fakten von den Geschichten abzuziehen und sie durch geeignetere zu ersetzen. Zu dichten heißt auch immer der Wahrheit das Selbst hinzuzufügen. Traurig, wenn du dir den Anspruch setzt, nicht über das, was du authentisch schimpfst, hinausgehen zu können.

Zwischen meinen Worten hab ich mich in mir selbst verrannt und habe dabei entlegene, neue Ecken, die ich selbst nicht zu hoffen wagte, in mir erkannt.

Ich feiere die Erkenntnis in aller Unschuld einer Heiligen mit einer wilden Orgie, bei der sich die Körpersäfte mit dem Traubenelixier mischen und die weiße Spitze mit geröteten Krusten auf meiner

Haut klebt. Ganz wie es sich gehört, bieder und anständig.

Das Schönste an der Kunst ist ja, dass sie sich selbst und zugleich ihr Gegenteil behaupten kann.

III. DU SOLLST NICHT MORDEN, DU SOLLST NICHT STEHLEN

Hochgefahren. Gestartet. Charakter gewählt, den Assassinenmantel angelegt. Dann tauchst du ein. Noch einmal in den Dungeon. Du kennst jede Biegung, kannst ihn mit den Augen auf ein Buch gerichtet spielen, nur bei den Drops schaust du kurz auf und metzelst dich durch den Tag, bis das Item endlich fällt. Es sind nur Einsen und Nullen, doch erreichst du das höchste Level nicht in diesem Leben in welchem denn dann? Was soll dein Beitrag sein, die Gesellschaft zu dem zu erheben, was sie in deinem Kopf sein sollte und noch nicht ist? Wenn du hinausgehst, warum darf es dann nicht besser sein als zu dem Zeitpunkt, da du hineintratest. Um dich gibt es doch genug Stimmen, die klagen, dass früher alles besser war. Ich weiß nicht warum oder wessen Schuld das ist, doch Taten weben bessere Ergebnisse als Klagen, klagen fort, drum finde deine eigene Mission.

IV. DREI DINGE IM LEBEN

Pflanze deinen Rosmarin auf deinem Balkon oder steck nen Apfelkern in die Erde, keinen aus dem Supermarkt, die taugen nichts, hab ich irgendwo gelesen, Wickie weiß was, auf dass er neues Leben hervorbringe. Wasser, das wird schon, nur Geduld. In der Zeit, da du wartest, bau doch einfach mal ein Haus, irgendwo wirst du das alte Skatblatt schon hingeräumt haben. Du findest nur ein noch eingeschweißtes. Baut sich aber schlechter, wenn noch kein Schweiß am Papier haftet, kein Schmodder, an dem sich die Karten ineinander verkeilen können. Also suchst du weiter und während du suchst, ist schon wieder ein wenig Zeit vergangen. Ein Kind hast du bereits gezeugt, weißt nicht, ob es ein Sohn war, hättest es auch völlig ungegendert aufgezogen, aber hast es ja dann doch umgebracht. Was man erschaffen hat, darf man vernichten, man muss sich nur in den ersten zwölf Wochen entscheiden. Hättest du nen Elefanten erzeugt, hättest du wohl mehr Zeit und bei ner Haselmaus müsstest du schneller denken. Doch dann schlüge auch dein Herz schneller, käme aufs Selbe raus. Einerlei. Vielleicht beginnt das Leben auch stets mit der gleichen Geschwindigkeit. Der einzige Sinn besteht darin, den Sinn abzuschaffen.

V. FIT FOR HEALTH

Instrumentalisieren. Projizieren. Rein in die Turnschuhe. Dreimal die Woche muss schon sein. Intermediales Fasten. Kein Zucker und auch die anderen Kohlenhydrate nicht nach neun, doch vor neun fastest du ja noch. Paleo. Vegan. Rohkost. Meditiere und spüre deinen Körper in einem Bezug, den du vorher nie hattest. Kein Alkohol, versteht sich von selbst, kein Kaffee. Du wirst davon vielleicht nicht schöner, aber dein Leben ist länger. Nur, was machst du nun mit all der Zeit? Weiter meditieren? Transformieren? Spekulieren?

Wirklich?

Dich am Ende gar auf alte Werte berufen? Spießig werden? Du hast die Welt bereist, um Mauern nieder zu reißen. Baust neue auf, um dich niederzulassen. Du hast die Menschen geliebt: seriell, polyamor, pansexuell, ökosexuell. Hat dich alles nicht von deiner heteronormen Monofixierung befreit. Du glaubst fesselfest an den Ritter auf seinem weißen Ross. Nur weil man dich reich mit Emotionen beschenkt hat, heißt das nicht, dass am Ende auch mehr übrig bleibt und wenn die letzte erloschen ist, ist es ganz gleich, wie viele Jahre dir bleiben, weil dein Körper dann ohne dich existiert.

Du gehst raus und es knallt, dabei ist nicht Silvester, und du dachtest doch noch, die meisten Unfälle passieren zu Hause. Du hast nicht bedacht, dass dies nicht ausschließt, dass noch mehr Unfälle nicht zu Hause passieren. Ist nun auch zu spät für eine Erkenntnis, denn in Zukunft wirst du das Denken den anderen überlassen. Keine Angst, das wird keine große Umgewöhnung werden, im Grunde kennst du das ja schon. Nur wie es ist nicht mehr zu sein, das kann ich dir auch nicht sagen.

Aphorismus über Aphorismen

Aphorismen sind das Unkraut der Literatur. Obgleich am Feldesrand gewachsen, haben sie zu viel Dünger abbekommen, um nichts Großes zu werden. Doch gediehen sie mitten auf dem Feld, so hätte man das Korn um sie bereits abgeerntet.

Der Schlüssel

„Sie haben eine sehr schöne Geschichte über mein Leben geschrieben", erklärte der Leser dem Autor. „Das Problem der Geschichte ist nur", fuhr er fort, „dass sie ihr keinen Schlüssel ans Ende gelegt haben, denn um meine Situation meiner Frau zu erklären, habe ich ihr die Geschichte zur Lektüre vorgelegt und zu meiner Überraschung erklärte sie im Anschluss, dass sie sich beim Lesen die ganze Zeit gefragt hätte: Was soll das bloß bedeuten? Eigentlich überrascht mich das auch wieder nicht, denn wie sollte ausgerechnet meine Frau mich so gut kennen, dass sie mich als Protagonisten in Ihren Zeilen erkennen würde."

„Lieber Leser", so antwortete der Autor, „es freut mich, dass Ihnen meine Geschichte so gut gefallen hat, dass sie zur Feder gegriffen haben. Was Ihre Anschuldigung angeht, so muss ich diese leider zurückweisen. Der Schlüssel muss zweifelsfrei da gelegen haben, sonst hätten Sie selbst ja keinen Zugang gehabt. Sie haben in gewohnter Manier unter die Fußmatte gegriffen und den Schlüssel so mühelos in der Hand halten können.

Ihre Frau aber vermutete den Schlüssel unter dem Blumentopf, wo er natürlich nicht lag. Das Problem ist also viel mehr, dass Sie ihre Frau nicht genug kennen und nicht umgekehrt, denn sonst hätten Sie den Schlüssel nach der Lektüre gleich unter den Blumentopf gelegt oder dort einen Hinweis hinterlassen, dass sie unter der Fußmatte suchen muss."

Wachsende Beliebtheit

„Sie hatte sich im Herzen einen Teppich ausgelegt und als man ihn ihr nach achtzehn Monaten nahm, da fehlte er schrecklich. So grausam leer wirkte der Raum. Doch als man ihn nach einer Woche wieder an den alten Fleck zurückbrachte, da merkte sie es erst gar nicht. Gleichsam rot traf sein Licht ihr Auge nicht mehr."

Sein schnipsendes Reiben klang über den Hof. Das war dann aber auch schon das ganze Ergebnis, was seine Fingerbewegung zeitigte. Er stöhnte innerlich auf. Es war zu früh. Dann wiederholte er das schnelle Reiben und diesmal zeigte sich neben dem typischen Geräusch auch eine kleine Flamme, in die er die Zigarette nun halten konnte. Entspannung breitete sich aus, als er den ersten Zug einatmete. Doch gleich darauf kehrte der stechende Schmerz zurück. Es hatte auch Zeiten gegeben, da hatte Cenzo auf das Rauchen ganz verzichtet und auch als dieser Schmerz immer häufiger kam, war sein erster Impuls gewesen, das Rauchen einzustellen, nur hatte sich dadurch an seinen körperlichen Symptomen nichts geändert, sodass er zu der Überzeugung kam, dass es letztlich auch gleich war.

Wie nun sein Schmerz mit jedem Tag nicht nur schlimmer wurde, sondern sich auch an ein minutenlang anhaltendes röchelndes Husten, bei dem jeder Zuhörer gleich das Schlimmste vermutete, koppelte, suchte er einen Arzt auf. Immer öfter fehlte ihm die Luft, selbst wenn er sich weder körperlich noch geistig anstrengte. Schon das bloße Im-Wartezimmer-Sitzen fühlte sich an wie Ersticken. In der Tomografie wurde ihm schließlich ein Lungentumor bestätigt. Vielleicht stürbe er bald, durchfuhr es ihn kurz, doch noch war er vogelfrei, noch blieb ihm Zeit zum OP-Termin. Die bläulich-rot-verfärbten Finger entzündeten die Flamme und mit ihr die Zigarette, die zwischen den ebenso verfärbten Lippen steckte und ihm ein wenig das Gefühl für den Stängel nahmen.

Er wollte nicht über den Tod nachdenken, lebendig käme er so und so nicht aus der Sache heraus. Und in ihm keimte bereits ein neues Leben und wenn ich das schreibe, so meine ich es ganz und gar nicht metaphorisch. Der winzige Sprössling – oder handelte es sich um eine Sprösslingin – allein das neue Leben war noch zu jung in seiner Identität, um es sagen zu können, nur Keimling*in wollte es sich nicht mehr schimpfen lassen, so viel stand fest, obwohl d*¹ Sprössling*in war es eigentlich egal, als wen oder was man jemanden oder etwas, im Speziellen das nicht vorhandene Selbst, bezeichnete. Dies ist ein Problem, was sich nicht mit der Erfindung eines neuen Lexems lösen lässt. Wie bei der Liebe handelt es sich um eine Debatte, die zwar bevorzugt auf der Ebene des Worts geführt wird, die aber nur im Tun ihre volle Wirkung entfalten kann. Ganz gleich jeden Namens regte sich nun jedoch in so mancher agilen Zelle des Herren ein Widerstand gegen jenen einen abgeschlossenen Zustand der in die Gegenwart zurückholenden Bezeichnung. Jener hatte eben erste Blätter gebildet und versuchte diese im verzweifelten Ringen nach Licht in dem verkrusteten Gewebe auszustrecken. All die Kräfte wurden gegen diese Widerstände der unnachgiebigen Wände, die den Keim umgaben, gebündelt. D*

---

1 Auf Grund der Homophonie ist vor allem im mündlichen Gebrauch darauf zu achten, dass der genderneutrale Artikel ‚d*' nicht mit dem plattdeutschen femininen Artikel in Verwechslung gerät. (Vgl. hierzu Baer, Timm. Den Norden aufgeschichtet, 2013.)

Sprössling*in war sehr bedacht im Ausbreiten, gern hätte ersi die Umgebung so belassen, wie sie war, allein die Zellen waren ganz anders programmiert. Wie sehr die kleine Pflanze ihren Willen auch anstrengte nicht weiter zu wachsen, sie breitete sich doch langsam aus. Sie spürte, dass etwas Ungewöhnliches im Inneren vonstattenging, nun war sie keine Sprössling*in mehr und sie bewohnte einen Ort, an dem sie sich fremd fühlte, an dem es an Vorbildern mangelte, doch zumindest war sie sicher hier im Erdreich aus Lungenzellen. Alles, was sie mit sich gebracht hatte, waren ihre Anlagen als Erbse, doch rings um sie nichts als menschliches Gewebe und als sie sich langsam eingerichtet hatte, begann sie nachts schlecht zu träumen und lag darauf Nacht für Nacht stundenlang wach.

Der Mann spie Blut in seinem Husten, der ihn sich vor Schmerzen krümmen ließ, das Blut vergraulte sogar die Lust auf seine geliebten Zigaretten. Und als er schon meinte, es vor Schmerz kaum noch auszuhalten, doch der erlösende Termin lag weit in der Zukunft, trotz allem Bestehen der Ärzte auf Dringlichkeit, die OP ließ auf sich warten, da wurde die Qual mit einem Tag erträglich und schon am Ende der Woche war sie ganz verschwunden und er fühlte sich wie neugeboren, voller Tatendrang und Energie. Nur die anfänglich schlecht durchbluteten Glieder zeigten keine optische Verbesserung, ihr Violettton war einem dunklen Grün gewichen, was nun umso schlimmer aussah, doch es ging ihm ja gut. Als der OP-Termin heranrückte, wurde er abermals beim Arzt vorstellig und die neue Tomografie ergab, dass der vermeintliche Tumor sich aufgelöst hatte. Die Ärzte sprachen von einem medizinischen Wunder, was aber durchaus nicht alleine stände. Nur die Glieder des Mannes sorgten für Bedenken. Es wurde eine Laboranalyse des Gewebes angeordnet, da man Rückstände von Schwermetallen vermutete. Doch der Befund stellte die Ärzte nur noch mehr vor ein Rätsel. In seinen Zellen fand sich Chlorophyll. Eine Erklärung hatten die Ärzte freilich nicht, denn die Erbsenlunge, in der die Erbsenzellen friedlich in Symbiose mit den Lungenzellen lebten, unterschied sich optisch nicht von der human üblichen. Für d* ehemalige*n Sprössling*in verging kein Tag, an dem ersi sich nicht fragte, was ersi nun sei, Erbse oder Lunge? Lunge oder Erbse? Lunse oder Erbge? Erbge oder Lunse? An schlechten Tagen begann ersi zu zittern, weil ersi wieder an die Ereignisse damals auf dem Feld denken musste, an guten Tagen hingegen erfüllten ersi Atmung und Fotosynthese ganz trefflich und der Mann wurde mit seiner grünen Lunge noch sehr alt. Das Gesicht des Pathologen beim Öffnen seines Brustkorbes hingegen überlasse ich deiner Vorstellungskraft.[2]

....
2   Die Geschichte entstand in Anlehnung an den Fall von Rod Sveden 2010 in Brewster (Massachusetts).

Widerstand zwecklos

Ostfriesland war nur so bedingt geil. Kam halt immer auf den Standpunkt an. Logo. Das Schönste an ihrer Herkunft, so fand Folke, war ihr Name. Das wohlgeformte lange O darin hatte ihr auch den Spitznamen ‚das Fohlen' eingebracht, doch weil sie all die Natur und Ruhe irgendwann leid war, verließ sie das Elternhaus recht bald nach der Schule, um ihr Glück an einem anderen Ort zu suchen. Irgendwas werden, egal was, war ohnehin nur dafür gedacht, sie zu ernähren. Je geringer die Ansprüche, umso leichter gefunden und obwohl es nur ein Job war, so ging sie doch gern zur Arbeit. Zufrieden klopfte ihr der Chef auf die Schulter, hätte sie es nicht schon so oft gespürt und darum eine Art Routine darin entwickelt, sie hätte versäumen können, es zu fühlen. Wieder einmal hatte sie die Zeit nicht verstreichen hören, doch das fertige Stück lag vor ihr. Es glich ganz denen, die sie an den Tagen zuvor angefertigt hatte und wies nicht die geringste Differenz zu den Vorgaben auf dem Ausdruck des Auftragsgebers auf. Sie tupfte mit der Reinigungslösung über das Werkzeug und legte es zurück in den Kasten. Ein jeder Griff parallel zum nächsten. Mit einem freundlichen Gruß verabschiedete sie sich in den Feierabend, strich sich eine Strähne aus dem Gesicht und schulterte die Tasche, zog sie noch ein wenig fester an den schmalen Körper und mit einem Mal war sie in Eile.

Andere Jacke, andere Tasche, vor allem andere Tasche. Rein in die Sneakers, Billigmarke, gab es an jeder Ecke, schützten nicht vor Regen, aber darauf kam es nicht an. Sie blickte nach vorn, bog um die Ecke, schneller Blick zurück, über die Schulter, dann Griff in die Tasche. Menschenleer. Heimat. Mit gekonnter Geste landete der Sticker an dem Briefkasten. Sie dachte an all jene, die mal wieder einen Brief an ein Arschloch schreiben mussten und sich nicht trauten mit einem ‚Hallo Sie Arschloch' zu beginnen. Zumindest sahen sie nun eins, bevor sie die Klappe des Postkastens nach oben schoben. Mit dem rennenden Babypferd ab zum Laternenmast. Und schon rannte auch sie weiter. Ein Stromkasten, die Fußgängerampel, zwei weitere Pferde und da endlich war sie, nur sie, und klebte ihre Wut gegen Sie-wusste-nicht-wen plakativ und in Großformat an die Wand. Sie nannten den Raum öffentlich, doch was war er, wenn nicht die Vergegenständlichung von Konsum und Ökonomie?

„Schau Mama, ein Pferd! Ein echtes Rennpferd und so schön bunt!" Das Gesicht des kleinen Jungen war pures Leben. Er hüpfte in der vollen Bahn auf und ab, um das Plakat vor den Fenstern besser zu sehen und um die Mutter an seiner Freude teilhaben zu lassen, doch diese mahnte ihn zur Ruhe, ja, ein Pferd. Innerlich sah Folke sie die Augen verdrehen, doch sie hatte die Freude des Kleinen erreicht wie ihr Plakat soeben ihn. Ein winziger Kreislauf der Freude. Seelisch lächelte sie. Tag gerettet.

Als sie an diesem Tag von der Arbeit kam, führte sie ein Umweg zum Paketshop. Karriere und Pakete, zwei unvereinbare Gegensätze. Der Karton kam ihr schwer vor. Sie erkannte die Handschrift ihres Vaters und als sie es zu Hause öffnete, fanden sich darin unzählige zylindrisch keramische Träger mit axialen Anschlussdrähten. Ein buntes Chaos aus zweipoliger Elektrik. Die Restbestände des insolventen Familienbetriebs. Ungläubig schaute sie in die Kiste. Was sollte sie nur mit dieser Vielfalt von Widerständen? Absolut zwecklos. Sie griff wahllos eine Hand voll. Die Körper waren mit bunten Bändern dekoriert. Sie warf sie auf den Tisch in eine Dose und schob den noch immer randvollen Karton darunter.

Arbeit lässt den Geist zur Ruhe kommen. Sie konnte nur bleiben, wenn sie arbeitete, konnte nur denken, wenn sie gearbeitet hatte und arbeiten würde. Doch diesmal spukten ihr diese winzigen elektrischen Dinger im Kopf umher. Konzentration sah anders aus.

In der Pause fasste sie in ihre Tasche, zog die Dose heraus und drehte einen der Widerstände zwischen den Fingern, starr und doch biegsam, vor allem zu bunt. In der Masse ragt einer heraus: weiß, weiß, blau, blau, grau. Sie mochte die Farben. Vor dem Spiegel auf der Toilette schob sie sich das Teil in das Ohrloch und bog die Enden zueinander. Am besten wäre es noch gewesen auch aus dem letzten Strich die Farbe zu nehmen und ihn dem ersten anzupassen. Doch auch so war sie zufrieden mit ihrem Aussehen. Zurück an der Arbeit musste sie sich immer wieder zur Konzentration rufen und war, obwohl das Werk nicht beendet, froh, als die Uhr Feierabend verkündete.

Zu Hause nahm sie sich mehr vom Inhalt der Kiste. Sie lötete die Enden zusammen und ließ so kleine stachelige Kugeln entstehen. Die waren zwar nicht mehr bunt, doch sie duldeten keinen schmerzlosen Angriff. Und sie installierte sie in den folgenden

Nächten bewaffnet mit einer Aluleiter an den öffentlichen Plätzen der Stadt. Sie arbeitete die Nächte durch und saß ihre Tage ab. Immer dichter wurden die Kugeln und neben den kleinen gab es auch größere mit festem Kern. Das Licht der Laternen fiel in den frühen Morgenstunden ganz herrlich auf sie und konnten sie auch nicht von innen heraus schillern, das Licht machte es möglich. Und nachdem sie da hingen und ihre Herrlichkeit ganz in Abwesenheit der Bürger, die um diese Zeit noch schliefen, verbreiteten, die Lokalpresse die wildesten Spekulationen über Herkunft und Bedeutung anstellte, im Sommerloch ein willkommenes Thema, da gönnte sie sich endlich eine freie Nacht. Sie streckte sich auf der Couch und fiel in einen traumlosen Schlaf.

Irgendwann wachte sie auf. Sie schaute nicht auf die Uhr, aber sie ging zur Arbeit. War sie die vergangenen Tage noch zu spät gekommen, weil sie gedanklich und körperlich noch ganz bei ihren Metalligeln gewesen war, so war ihr die Existenz einer Zeit an diesem Morgen ganz einfach egal. Natürlich, die Arbeit musste sein, doch wann sie getan wurde, war dies wichtig? Für Folkes Chef gehörte diese Frage mit einem klaren ‚Ja' beantwortet und so zitierte er weder Pferde noch Igel, sondern die junge Dame in sein Büro, und zwar pronto. Sein Zeigefinger schlug immer wieder auf diese eine Stelle des Auftrags. Was es da nicht zu verstehen gab? Völlig unbrauchbar mit dem falschen Maß. Ihr Tempo ließ zu wünschen übrig und: „Auch Ihr Tag beginnt um acht Uhr morgens, da dulde ich keine Ausnahmen." Er hörte nicht auf und sie nicht hin, zumindest nicht richtig und dann machte sie sich voll Langeweile zurück an ihren Arbeitsplatz, agierte die gewünschten Stunden. Da kam ihr ein Gedanke, sie griff sich einen der Widerstände aus ihrer Tasche und schloss ihn ganz unbemerkt im Herzen ihrer Arbeit ein und mit dem letzten Blick auf die Uhr ließ sie das Werkzeug fallen und griff zur Tasche. Hinaus auf die Straße. Aktiv sein und agieren, wie sie es verstand.

Ihre Finger spielten an dem Ohrring, während die andere Hand den Stift hielt und das Pferd zeichnete, sie musste sichtbar werden. Sie verpasste dem rennenden Wildfang Streifen, ein weißer, ein blauer, dann ein halb so dicker grauer. Mit Tapetenkleister entließ sie ihn in die Freiheit, auf dass er die Herzen der Menschen mit einem Lächeln wärme.

Um acht saß sie wieder auf der Arbeit, sie las die Zahlen nicht und doch wusste sie, dass sie musste und so schaffte sie an diesem Tag die Vorgabe, ein weiterer Widerstand verschwand und in der Nacht führte die Hand den metalloxiden getränkten Pinsel. Ein neues Fohlen rannte über die Fassade und sein Schweif mäanderte bis zum Morgen über den grauen Putz. Mit rostigen Fingern und blauen Ringen unter den Augen erschien sie auf Arbeit und sie wusste nicht, wo das Leben hin war, dass doch eben noch in ihr pulsierte und drückte und sein Recht forderte. Doch die neuen Zahlen kannten kein Pardon und die Arbeit schluckte abermals den Widerstand.

So ging das bis in den Winter hinein. Die Wände der Stadt wurden in den Nächten bunter und bunter, auf Arbeit quälte sie sich, doch der Inhalt der Kiste nahm ab. Da baute sich auf einmal im Februar ihr Chef – die Mittagspause war bereits vorbei – vor ihr auf. Besuch für sie, ein Mann, sagte, es sei dringend. Folke folgte dem Chef in den Flur. Mit einem Nicken ließ er die beiden allein und ein wenig Angst hatte Folke schon, was es mit dem Besuch wohl auf sich haben könne. Man schien es ihr an der Nasenspitze ablesen zu können, denn der Fremde beruhigte sie sogleich. Sie solle unbesorgt sein, er habe einen Job für sie, eine kreative Arbeit, keine Hierarchien, Gleitarbeitszeiten, an Urlaub und

Bezahlung sollte es nicht liegen. Was er von seiner Firma erzählte, gefiel ihr ausgesprochen gut. Nur warum sie? „Ganz einfach: Ich mag, was du tust", erwiderte er, dabei war ihr gar nicht bewusst gewesen, dass sie ihre Gedanken laut ausgesprochen hatte. „Überleg es dir in aller Ruhe", schlug er vor und mit seiner Karte überreichte er ihr einen ihrer Widerstandsigel. Es musste einer der ganz frühen sein, denn er war noch klein und spärlich benadelt, doch seinen Zweck hatte er erfüllt.

Zwanzig Sekunden

Mein Leben ist, seit ich ein kleiner Junge war, der englische Fußball, so auch an diesem Samstag: Wir schreiben den 17. März 2012. FA-Cup-Viertelfinale Bolton Wanderers gegen Tottenham Hotspur. 18:10 Uhr: vierzigste Spielminute, es wird die vorletzte sein. Es steht 1:1. Den Ball hat nicht Fabrice Ndala Muamba (23). Den Ball hat Ádám Bogdán (24) und er hält ihn fest, denn Muamba steht nicht mehr aufrecht, er liegt auf dem Rasen, er stützt sich mit dem rechten Arm auf. Die Sanitäter eilen herbei, sein Bein zuckt, dann wird der Körper steif. Defibrillator. Den bewegungslosen Leib durchfährt ein Stromschlag, auf den noch vierzehn weitere folgen. Ergebnislos, eigentlich tot, wie die Ärzte später sagen werden, wird er auf einer Trage aus dem Stadion getragen, doch die Hoffnung stirbt zuletzt. Erst Tuscheln, dann vor den Mündern gefaltete Hände. Das Grün bleibt grün und liegt vor den Zuschauern. Fremde Hände übernehmen die Aufgabe des Herzens, pumpen das Blut beständig weiter, sie lösen sich ab, eine Hand greift in die andere. Achtundvierzig Minuten später: Intensivstation.

Wenngleich ich mich als Deutscher fühle, beim Thema Fußball werde ich für immer in meiner englischen Kindheit verwurzelt bleiben. Wäre mein Verein nicht meine Heimat, dieses Hotel hätte es werden können, so ist es ein zwischenzeitiges Zuhause für einige Monate oder nur ein paar Stunden, für manche einmalig, für andere und so auch für mich wieder und wieder. Ständiges Wuseln der Unbeständigen. Kein Tag in genau der gleichen menschlichen Konstellation. Fliegender Wechsel: Geschäftsmann zieht ein, Flitterpaar zieht aus, wird sich nächste Nacht woanders ausziehen, Koffer zieht mit, zieht den Pagen vor sich her und das Zimmermädchen zieht den Putzwagen durch den Flur. Krawattenträger mit Smartphones, Frackträger mit Champagnerflaschen und Würdenträger mit Samenstau gehen ihre Wege und all die Zeit sitze ich hier am Empfang, wo sich früher oder später alles (hin) verläuft. Sieben Tage die Woche, vierundzwanzig Stunden am Tag, in einem Hotel bist du nie allein. Vierundzwanzig Stunden? So lang hält es mich natürlich nicht hier, offiziell bin ich für acht Stunden am Tag eingeteilt und neun Stunden nachdem ich das Haus betreten habe, verlasse ich es meist auch wieder. Dann ruft mein Bett und am Wochenende der wohl schönste Sport der Welt. Doch bis dahin vierundzwanzig

Stunden ständiges Hinein und Heraus! Und das Tag für Tag. Was aber wäre, wenn so ein Tag gar nicht genau vierundzwanzig Stunden hätte? Und ich sage Ihnen, es ist so, Nacht für Nacht hat er in unserem Haus exakt zwanzig Sekunden mehr.

Woher ich das weiß? Liegt wohl daran, dass ich meine Nächte als einer der wenigen Männer an der Rezeption meist hier verbringe. Ich glaube guten Gewissens behaupten zu können, ich bin der Einzige, der darum weiß, na und Sie ja jetzt auch. Aber was sind schon zwanzig zusätzliche Sekunden? Nicht massig Zeit, aber so wenig, als man sie nicht verwandeln könnte, ist es auch nicht. Übers Jahr gerechnet macht das gut zwei Stunden, die ich hier zusätzlich verbringen könnte, rechne ich die freien Tage heraus, noch immer achtundsiebzig Minuten. Für ein Spiel der Premier League nicht genug, aber immerhin.

Aber nein, mit zwanzig Sekunden lässt sich doch nichts anfangen, denken Sie nun vielleicht, halten meine kleinliche Aufsummierung für eine Milchmädchenrechnung, schließlich merkt keiner zwanzig Sekunden und bei mir war es ja auch tatsächlich so.

Die ersten Monate habe ich gar nichts bemerkt, habe mich wie immer um die Gäste gekümmert und erst nachdem das Telefon endlich stillstand und niemand mehr in Ungeduld oder Verlegenheit meine Auskunft erbat, holte ich mir noch einen Kaffee und während ich in kleinen Schlucken den Luxus der Hitze, um den mich die Tagesschicht nur beneiden konnte, einatmete, bereitete ich mich gedanklich vor die Zahlen der einzelnen Abteilungen kontrollieren zu dürfen und genau da war es, dass ich die Uhr an der Wand mir gegenüber gedankenverloren anstarrte, die braune Flüssigkeit, die meine Konzentration garantieren sollte, schluckte und zunächst glaubte, dass ich mich wohl gleich um neue Batterien für die Uhr bemühen müsste. War dann aber gar nicht so, nach einer Weile schlug der Sekundenzeiger doch wieder seinen gewohnten Takt und zählte mir die neue Minute vor. Ich beobachtete diese Abweichung, doch die nächsten Nächte waren in diesem Punkt eine exakte Kopie ihrer Vorgängerin. Alles lief normal. Dann wurde es 1:27 Uhr und plötzlich stand der Sekundenzeiger still.

Jetzt hab ich Sie erwischt, Sie haben sicher ganz selbstverständlich angenommen, wenn in diesem Haus schon Sekunden hinzukommen, dann doch wohl zur Geisterstunde. Aber ich bitte Sie, das hier ist keine lahme Gespenstergeschichte. Seit wann richtet sich diese Wirklichkeit nach narrativen Skripten?

Als ich auf meine Armbanduhr sehen wollte, für wie lang die Uhr wohl stillstand, bewegte sich die digitale Anzeige gleichsam nicht und so konnte ich nur möglichst gleichmäßig mitzählen: einundzwanzig, zweiundzwanzig, dreiundzwanzig, ... Bei einundvierzig setzte das Ticken wieder ein und auch meine Casio wechselte blinzelnd von 01:27:00 auf 01:27:01.

Ich sehe Sie immer noch förmlich durch die Buchdeckel mit den Augen rollen. Ganz toll, denken Sie, da hat er zwanzig Sekunden, warum erzählt er mir das? Hat er die Zeit genutzt, um die Geschichte hier zu schreiben? Mit Verlaub, dies wäre eine echte Verschwendung von Zeit, die nur noch davon übertroffen wird, dass man sie nutzt, um Geschichten wie diese zu lesen, aber bis ich das herausgefunden hatte, dauerte es noch eine Weile.

Die ersten Tage habe ich tatsächlich nur dagesessen, die Zeit war mein Gegner und ich ließ sie ablaufen.

Doch warum den Spuk allein genießen? Am nächsten Tag verließ ich den Tresen 1:24 Uhr, ging an der Bar vorbei zu den Toiletten, drehte den Hahn auf, ließ die Uhr dabei nicht aus dem Blick, 01:26:40 verließ ich den Raum, stand zwanzig Sekunden später vor der Bar und als ich ihn eben ansprechen wollte, erstarrte mein Kollege in seiner Bewegung, mir halb zugewandt umschloss seine Hand mit dem Poliertuch das Glas und es passierte nichts, Pausetaste, in meinem Erstaunen hätte ich wohl nicht anders gewirkt, doch wenig später ruckte das Bild und er setzte sein Polieren fort.

Hier musste ich am Ball bleiben und so begann ich meine Möglichkeiten abzutasten. Konnte ich eingreifen? Und ob ich konnte. Nahm ich ihm das Glas aus der Hand, so stand es mit dem Fortschreiten der Zeit weiter da, wo ich es abgestellt hatte. Entwendete ich etwas, es blieb in meinem Besitz, ich hätte Robin Hood spielen können, hätte ich bei meinen Kollegen damit begonnen, wäre dies aber nicht gerade ein Zeichen von Gerechtigkeit gewesen und so gab ich stets alles zurück, legte aus Spaß manchmal noch etwas hinzu und bemerkte, dass nicht nur unser Personal, sondern auch die Gäste diesem nächtlichen Stillstand unterlegen waren.

Ich ließ meinem steifen Kollegen im Vorbeigehen Anweisungen da, streute Gerüchte und Tage später landete der von mir in erstarrte Ohren geflüsterte Tratsch wieder bei mir. Ich war der Mund Gottes. Trat ich vor die Tür, so war in der Zeit aber alles wie immer, die Gäste rauchten weiter ihre Zigaretten, die Tauben im Park gegenüber bewegten abwechselnd Kopf und Schwanz und wiegten sich so vorwärts auf ihrer Suche nach achtlos fallen gelassenen Essensresten.

Spielanalyse: Warum nicht Gedanken in die Köpfe einbringen, um zu sehen, wie der Rasen sprösse? Waren sie ausgewachsene Pflanzen, denen man die kräftigen Triebe kappen müsste, wöllte man ihr Wachsen dämmen oder nur Samen, die erst ausreichend Wasser und Licht benötigten, um zu gedeihen? Dünger konnte gestreut werden, schließlich arbeite ich in einem Grand House, es kamen regelmäßig wichtige Gäste und die Namen und Zimmer hatte ich ja direkt vor mir im Buchungssystem.

Sie schauen schockiert? Verdient oder unverdient? Das fragt später niemand.

Warum nicht die Entscheidungsträger daran erinnern, dass das Richtige existierte? Das Änderbare stieg zum Relevanten auf, dem Gewichtigen haftete die Hoffnung an, bald nicht mehr reflektiert werden zu müssen und in die Nichtigkeit hinein zerdacht zu sein. Ein jeder Anruf musste gut überlegt sein, keine Fehler, denn nur der Zufall würde mir die Chance geben, diese rückgängig zu machen, wenn überhaupt. Ideen waren kognitive Katastrophen der Kreativen, deren Kopien im Vorfeld nicht lesbar waren. Zuweilen nullten sie sich mit ihrem Aufkommen von selbst, doch fanden sie ihre Wiederholungen, wirbelten sie die Mauern der Konventionen in Windeseile hinweg. Auf offene Ohren gestoßen konnte ein Beleg des Gegenteils einige Tage später im Nebel verbleiben. Gern hätte ich die alte Tradition der Volksbefragung am griechischen Volk getestet und es selbst über die Akzeptanz der Sparauflagen vonseiten der EU abstimmen lassen, es hätte mir gefallen Patrick Döring zum FDP-Generalsekretär zu machen und es wäre mir eine Genugtuung gewesen, Marina Weißbrand zu grätschen.

Trauen Sie mir das zu? Es wäre nur ein Anruf gewesen, meine Freistöße für genau ein Jahr.

Doch nun schreiben wir, ich erwähnte es schon, den 17. März 2012. Ich verrichte meinen Dienst, in Gedanken bin ich noch in der White Hart Lane. Nichts zu machen, ich werde die zwanzig Sekunden zum stummen Gebet nutzen. Gleich ist es halb eins, der Minutenzeiger springt auf die siebenundzwanzig und ich drücke meine Handflächen aneinander, als der Sekundenzeiger ganz ohne Zögern auf die Eins zieht. Wo sind die zwanzig Sekunden? Auf Google erfahre ich von Muambas Zustand. Ich weiß nicht, wer meine größere Bewunderung verdient hat, die unermüdlichen Hände oder das Herz, das nach achtundsiebzig Minuten wieder zu schlagen einsetzte.

Zehn Tage später schlägt Tottenham die Wanderers mit einem 3:1. Muamba lebt, aber Muamba spielt nicht mehr. Ich hingegen bleibe Fan, wie sonst könnte ich Ihnen von dem Ergebnis des Spiels berichten? Man könnte sagen, dass den Bolton Wanderers der Vorfall bis heute nachhängt, denn diese Saison war ihre letzte in der Premier League.
Uns allen nahmen diese achtundsiebzig Minuten den Ruhm, denn auch die meinen haben an diesem Tag geendet, von nun an gingen die Uhren auch für mich wieder ganz konventionell in unserem Hotel.

Kirschen essen

Ganz normaler Tag. Schnell den Wecker aus, denn das Piepen nervt. Morgentoilette. Anziehen. Tasche geschnappt und los zur Arbeit. Aufschließen. Staubsaugen. Kaffee kochen. Ab und zu klingelt das Telefon. Dein Nacken schmerzt. Es fehlt etwas Schlaf. Beständiges Tippen auf der Tastatur. Wer tippt, schläft nicht ein. Dazwischen immer wieder warten. Gelbe Stunde. Ganze fünfzehn Stunden warten. Zunächst noch schnell, dann immer langsamer. Abschließen und in die Wohnung zurücklaufen. Feierabend. Kein Grund zum Feiern. Wieder ins Bad, eine Dusche wäre schön, aber es bleibt keine Zeit. Zähne putzen muss genügen. Du gießt dir einen Schluck Wasser aus der Leitung in ein Glas, in das vorab schon mehr als ein Tränchen Wein geflossen ist. Dennoch nicht einschlafen können. Warum auch? Schließlich will man nichts verpassen. Jetzt fängt das Leben an. Muss anfangen. Nach zwei Stunden gibt der Körper auf. Zwei Stunden ist nichts passiert. So gibt er sich dem Schlaf hin, interessiert sich nicht mehr für das blinkende Lämpchen neben dem Display, obwohl es rosarot schreit und nicht gelb flüstert. Fünf Stunden später klingelt wieder der Wecker. Morgentoilette. Du malst dir rote

Balken und braune Kreise auf. Du denkst dir die Nackenschmerzen ganz einfach fort. Die Arbeit hat dich vermisst. Das merkst du nur nicht, denn nur die anderen sind die, die munter sind.

An Tagen wie diesen ist das Leben wie ein jahrzehntealter Kirschbaum, der in diesem Jahr voller Früchte hängt. Du schätzt ihn auf Anfang dreißig, aber genau weiß man es ja immer erst, wenn sie tot sind. Einige wenige Zweige streckt er schon über den Zaun und da die Früchte reif sind, streckst auch du dich und die Hand aus und füllst deine Brotdose mit dem sauren, doch gesunden Obst. Wenn er einen Mengenverlust spürte, er seufzte glücklich auf, doch das, was in die Dose passt, macht für ihn keinen Unterschied, so voll hängt er.

Als du eben weiter willst, kommt das System. Es siezt dich ungefragt und ist der Meinung, dass der Schaden, den du an seinem übervollen Baum angerichtet hast, es in eine schlimme Hungerkrise stürzen wird. Oder vielleicht geht es auch nur ums Prinzip oder das System hat eine neue Saftpresse, mit der es ein ganzes Dorf gewinnbringend mit frisch gepresstem wie gut konserviertem – Kirschsaft – versorgen will. Letztes Jahr fielen die Kirschen ja eben noch auf jene Wiese, auf der du nicht stehen kannst, irgendwann faul hinab und da war der Baum weniger voll und irgendwie hat das System sogar das überlebt, ohne zu verhungern. Egal, jedenfalls teilt das System nicht, keine frischen Kirschen, keine getrockneten und keinen Saft. Sein Dank an dich war ironisch, was du nur an seiner Reaktion auf deine Bemerkung zu dem überlasteten Baum als Solches erkennst. All die anderen Systeme, die du bisher kanntest, haben dich mit offenen Armen begrüßt und dir pflücken geholfen. Dieses nicht. Es sieht den ordnungsgemäßen Zustand des Baumes darin, dass er voll hängt. Der Baum seufzt unter dem Schmerz, was man wohl nur hört, wenn man sein Leid teilen kann. Du wünschst ihm einen schönen Tag und meinst es ironisch. Dann gehst du weiter. Unendlichkeit wünschst du dir gerade nicht mehr.

Wie kommt das System nur dazu, dich ungefragt zu siezen? Kleine Midlifecrisis, denn Anfang dreißig rennt nun langsam davon. Du weißt nicht mehr, wann dir das letzte Mal einer gesagt hat, dass du hübsch bist. Also gesagt und auch so gemeint. Dass du zu dünn bist, sagen sie dir hingegen ständig ungefragt. Als wenn du nicht selbst einen Spiegel zu Hause hättest. Aber hübsch? Früher jede Woche.

Doch heute zickig und anstrengend, dabei weißt du, dass du im Vergleich, ja, auf jeden Fall total unkompliziert bist. Weil du lieber denkst, als unreflektiert zu sprechen. So ruhig, dass sie es für Schüchternheit halten. Doch Zuhören bringt dich weiter als Reden. Und so gehen die Tage ins Land.

Dein Kopf pocht unaufhörlich, das ist normal. Zwei Tage hast du hinter dir, dann fängt es an, am Mittwoch, und am Donnerstag wird es schließlich unerträglich werden. Am fünften Tag geht es wieder, da hast du gelernt, es zu ignorieren.

Du weißt, es ist nur die Müdigkeit, die die Schmerzen in die Glieder bringt und die dich veranlasst dich so verkatert zu fühlen. Du streckst dich, ganz gerade musst du sitzen und stehen, dann mildern sich die Schmerzen, hast du sie heute nicht genug weggedacht, ein wenig, weil mehr Sauerstoff in die Lunge kommt, der gleicht die Müdigkeit aus. Zumindest erklärst du es dir so und atmest die nun bereits beißend kalte Morgenluft, während du den Eiskristallen bei ihrem Tanz in den Scheinwerfern der Außenbeleuchtung zuschaust. Außerhalb des Lichtkegels sind sie unsichtbar. Auch so ein Symbol für dein Innerstes und da leuchtet zurzeit gar nichts. Heute soll die Tristesse ein Ende haben.

Vier Jahre keinen Gedanken ans Weinen verschwendet, obwohl du zwischendurch schon mal ganz gern gewollt hättest, aber irgendwie wusstest du gar nicht mehr, wie das gehen soll. Vier Jahre nicht, seit damals keine einzige Träne und an deinem Zweiunddreißigsten ging es auf einmal los, nicht grundlos, aber unangemessen und seitdem fast jeden Tag diesen Kloß im Hals. Der Ausbruch bleibt fern. Kein Schrei nach Urlaub.

Nur nicht allein sein

Als sie nach den Sommerferien aufs Gymnasium wechselte, waren ihre Freunde mit einem Schlag verschwunden, während alle anderen Mädchen ihre aus der Grundschule mitgebracht zu haben schienen, waren ihre auf der Realschule verblieben.

Ihre erste Klassenfahrt war ihr ein entsprechendes Grauen, sie wünschte sich krank zu sein und im Bett zu bleiben. Wie sollte sie den Tag denn überstehen, wenn da nicht mehr das schützende Korsett des Stundenplans war und sie auffing. Ihr Klassenlehrer war eben von der Uni gekommen, es war seine erste Klasse und ihm selbst fehlte die Disziplin, die er den Halbwüchsigen hätte vermitteln sollen. Zu jung für eine Respektsperson, war er einer von ihnen, er war so jung, dass man ihn nach nur einem Jahr zum Wehrdienst abzog. Von ihm war nicht zu erwarten, dass er das fehlende Korsett ersetzte. Als zweite Begleitperson war seine Freundin mit zur Klassenfahrt gekommen. Und sie allein war es, die diesen Tag überhaupt einer Erzählung würdig machte. Das Ziel, es konnte jedes gewesen sein. Die Blätter wurden überall gleich bunt. Sie zippte die Jacke höher, versuchte der aufkommenden Kälte zu trotzen. Den ganzen Tag hatte sie mit keinem gesprochen, aber nun war es bald geschafft. Da setzte des Lehrers Freundin sich im Bus zu ihr und packte ihre Glaskugel aus dem Rucksack. Sie war in ein indigofarbenes Tuch eingewickelt gewesen und sah aus wie eine der Schneekugeln vom Weihnachtsmarkt, eine junge Frau mit Rucksack spazierte in ihr entlang. Neugierig schaute sie in ihre Richtung, beobachtete genau, wie sie die Kugel umdrehte und der weiße Schnee sich am Himmel sammelte. Sie schüttelte sie und streckte die Hand in ihre Richtung, doch was herabrieselte, war kein Glitzerschneegestöber. Die Teilchen formten das Gesicht der Lehrerfreundin und redeten zu ihr:

„Du musst mit diesen Leuten klarkommen. Das ist deine Klasse. Mit ihnen wirst du die nächsten sieben Jahre verbringen. Du willst doch nicht immer allein sein."

Und diese Worte trafen sie wie ein Blitz. Was bildete diese Hexe sich ein, die Wahrheit in so simple Sätze zu verpacken? Ehrlichkeit schafft keine Freunde, zumindest nicht für den Moment. Sieben Jahre, das kam ihr vor wie eine halbe Ewigkeit. Das war fast doppelt so lang, wie die schöne Grundschulzeit gedauert hatte. Und so lange sollte sich nichts ändern? Kein Deus ex machina? Nur noch träumen? Sie musste ihr Schicksal annehmen. In diesem Moment hatte sie in den Abgrund geblickt, zusammen mit dieser Frau, die ihr so viel reifer als der Lehrer erschien, mit ihren Worten hatte sie sie an der Hand gehalten und sie so bewahrt abzustürzen, hinab in das Tal der Einsamkeit. Irgendwie musste sie sich zwischen Sein und Erwartung arrangieren. Doch sie ahnte, sie kam nicht mehr zwischen den festen Bünden der Freundschaft unter, sie hatte es in der Kristallkugel gesehen.

Als ein neues Mädchen in die Klasse kam, wusste sie, dass dieses ihre einzige und letzte Chance war, der Isolation zu entgehen. Manchmal können Menschen wichtig für dich sein, dann ist ihr Charakter egal, so lang sie nur Mensch sind und ihre Rolle spielen. So lang sie deine Maske aufrecht tragen. Dieses Mädchen interessierte sich vor allem für ihre Vorteile. Sei es drum, es war ein geringer Preis, dass sie ihr den Willen ließ. Und so lernte sie neben komplizierten Situationen auch schwierige Menschen zu tolerieren und überlebte die nächsten sieben Jahre bis zum Abitur. Sie hatte sich eine Art Gottvertrauen herangezüchtet. Hatte sie sich auch kurz überwinden müssen, Fragen für ein Gespräch zu finden, schon bald konnte sie die Freundin einfach sein lassen und die Themen kamen von allein. Das Leben fügte sich und der Freundeskreis wuchs mit den Jahren.

Es kam die Zeit, da Schwärmerei dem festen Bund wich und Männer mehr als die Wesen auf Postern waren, aber keiner von ihnen sprach sie an. Und doch wollte sie nicht allein sein, die Erinnerung an die Hexe versetzte sie in Schrecken. Also musste sie auch hier einfach die ersten Worte wählen, einfach einen Mann wählen, der möglichst normal war, nur blaue Augen wären schön. Im Sinne des jugendlichen Aufbegehrens konnte auch ein bisschen Blond nicht schaden. Und natürlich dürfte er auch lediglich normal wirken, in sich musste er etwas sehr Besonderes sein. In welch normalem Ton er von seinem Schicksal sprach, hatte sie gleich berührt. Und nun da er da war, kamen auch die anderen und die Zahl der Männer wuchs mit den Jahren. Doch allein war sie nie.

Der Gedanke an die Hexe war fast vergessen, ein Zufall wollte es so, dass sie an diesem Vormittag das Altglas wegbrachte, da entdeckte sie vor dem Container eine kleine Schneekugel. Wie traurig, dass ihr Vorbesitzer keine Verwendung mehr für sie hatte. Sie drehte sie, konnte keinen Makel entdecken und so steckte sie sie ein. Sie stellte sie ins Regal, während sie dem Glitzer und den Flocken beim Schweben zusah und wartete, bis sie sich um den Schirm des kleinen Mädchens unter dem Glas gelegt hatten.

Wie sie sich am nächsten Tag mit ihrem Partner traf, da sagte er ihr Lebewohl und er konnte ihr keine Gründe nennen, konnte nur sagen, dass es aus war. Und auch die Freunde waren weg, denn sie hatte sie alle für ihn aufgegeben. Am Ende war sie allein. Ihre Tränen erlaubten ihr kein klares Bild, doch wie ihr Blick über das Regal schweifte, da war er ganz deutlich und zeigte das Verschwinden des kleinen Mädchens mit dem Schirm. Sie drehte die Kugel und der Schnee flog ganz einsam und leer, so wie auch sie sich in dem Moment fühlte.

Und erst Wochen später trockneten die Tränen und sie griff zum Papier und begann die Erzählung von der Hexe, die so viele Jahre in ihr lebte. Und wie sie geendet hatte, stand sie vom Schreibtisch auf und streckte sich zufrieden. Nun, da sie den Boden seit so Langem wieder nüchtern betrachtete, kam er ihr seltsam glänzend vor. Ein paar Schritte weiter prallte ihr Leib je gegen die Wand aus Glas.

Unfall

In dem Moment, da du das Glas ansetzt und es unter der Nase vorbeischwenkst, da riechst du die Kühle der Flüssigkeit. Ein frischer Hauch Gestein saugt sich von unten in deine Nebenhöhlen und erfüllt das Gehirn mit klaren Gedanken, schafft den Erinnerungen an bessere Zeiten, die da kommen werden, da bist du dir sicher, den nötigen Raum, während gleich die Straße hinunter ein Auto frontal in ein anderes rast, weil der Fahrer einer Katze ausweicht, Glas splittert, Metall knirscht, schiebt sich zusammen und die Knochen gegeneinander und hinein in die Mitte, Welten geraten durcheinander, Totalschaden und beide Fahrer werden noch am Unfallort versterben. Die Katze läuft stolz erhobenen Schwanzes weiter und dreht sich nicht um. Doch das nur nebenbei, kannst du ja morgen in der Zeitung lesen, nun gut, das mit der Katze nicht, an die wird sich keiner erinnern, aber wo sie nun hin will, das weiß ich auch nicht, ich weiß nur, dass ihr Schritt sagt, dass sie es ganz sicher weiß. Ein Leben als Katze: Das wär's. Wenn man will, muss man gar nichts tun und lässt sich stundenlang kraulen und wenn es einem zu viel wird, nimmt man sich die Freiheit, die die Welt bedeutet und schreitet auf den samtigen

Zehenspitzen von dannen. Katzenpisse steigt dir in die Nase. Im nächsten Moment kannst du auch die Säure riechen und auf einmal weißt du, was es heißt mit der Nase zu schmecken. Stachelbeeren, um die ein Rasenmäher geschoben wird, erhalten von der Abendsonne einen Anstrich, der in der Reife trügt. Das Zäpfchen zuckt. Acht Grad. Der Sonnenstrahl bricht sich im Hellgelb, ganz wenig gelb, sehr hell, doch in deinem Herzen wird er orange, in der Zunge grün. Da sitzt du die Augen geschlossen und träumst. Du siehst die Sonne über Frankreich, komplementärer Himmel, vor dem sich der Lavendel wiegt und ein schmaler Pfad, rechts und links Streuobst, führt mitten hinein. Der Wind aus Säure weht das Kleid fester an deinen Leib und streichelt deine Kurven mit dem Stoff. Du wähnst den Saft mit deiner Zunge von rechts nach links zu wälzen und mit deinem Speichel zu mischen, verteilst die Flüssigkeit über den Knospen.

Das könntest du jetzt alles spüren. Aber du greifst ja nach der Gratispostkarte in dem Ständer vor dir, ziehst sie heraus und dann noch eine andere, das wolltest du vorher erledigen, aber dann standen andere schon Schlange und du hast dich erst angestellt, des besseren Platzes wegen. Nun ist Zeit, dein Gewissen beruhigt, du freust dich auf den Film. Da gerät dein Glas schief und ein großer Schluck schwappt heraus, fließt dir über die Karte und die Hand und zum Glück nicht über die Kleidung. Auf dem Boden neben dir eine winzige Lache, die langsam in den Teppich sickert. Auf der Haut jedoch riecht es viel kräftiger, viel mehr nach Säure und als du das Glas an die Lippen hebst, da schmeckt es kurz auch so.

Tinder Boy

Und der Gott des Internets sprach: Du musst ein Individuum sein und du sollst dein Profil so gestalten, dass daran kein Zweifel bestehen kann. Jedes Bild ein Zeugnis deiner Selbstinszenierung. Möglichst bunt und möglichst schwarz, ganz viel Kontrast, Urban Nature: Back to the roots.

Du hast dich dran gehalten. Wer ficken will, muss Fotos zeigen. Dein Auto, dein Fitnessstudio, dein Wanderurlaub. Es ist eine bunte Welt aus Bildern und die grässlichsten lässt du dir mit Tinte in die Haut stechen und wenn du dich nicht traust, dann hab doch bitte wenigstens den Mut zur Hässlichkeit. Setz dir eine Perücke auf und leih dir eine Nerdbrille und dann rock deine Gallery. Konsumiere. Der Stream of Photography ist dein Soylent Green. Noch ein inszenierter Schnappschuss, einer beim Sport und schaust du auch nur zu. Passivität ist besser, als gar nichts zu tun.

Du hast alles im Radar nach rechts gewischt, hast bewegt, was du bewegen konntest und da steht nun ne Meute Frauen, doch du stehst links von ihnen. Allein gestellt: du bevorzugst nun mal selbstbewusste und attraktive Frauen. Auf die wenigen, die über dir stehen, bist du so stolz, dass du keine je anschreiben würdest. Gallery of Fakeism, dein eigener Tindergarten, in dem du den anderen beim Spielen zusiehst. Und plötzlich siehst du die Eine. Es kommt dir vor, als kanntest du sie schon ewig, so vertraut ist dir dieses Gesicht und wie du weiter blätterst, entdeckst du ein Foto, das du im letzten Urlaub von deiner Freundin geschossen hast. Du schaust vom Display auf, betrachtest die Frau neben dir auf der Couch, ja wirklich, das ist sie. Homebutton, du schließt die App. Du hast deine Freundin auf Tinder gefunden. Dabei bist du dir doch so sicher, ihr habt euch im Supermarkt kennen gelernt. Damals hast du sie blind gemacht, sie hat doch nur zwei Augen und die sind für dich. Da ist sie ganz bei dir. Hättest du nach rechts swipen sollen? Und hat sie dich schon geswiped und schweigt, wie sie da sitzt und auf den Bildschirm starrt? Dieses Tinder ist echt kompliziert.

Es gibt mehr Bandfotos, als es da draußen Bands geben kann, mehr Mitglieder als Bands durch vier, denn jeder kennt wen, der wen kennt und auch wenn du keine Katze hast, so zerr sie doch gefälligst vor die Kamera, nachdem du sie als Hund verkleidet hast. Alles aktiv, keine Sekunde Stillstand, auch wenn deine Wochenenden längst aus einer ungesunden

Masse des Nichtstuns bestehen, der Strom der bunten Fotos beweist, dass du sprudelst. Evian, das Leben, natürlich vegan. Der Porno auf dem Teller, den du dir gönnst, bevor du die Chipstüte aufreißt.

Mein Septumring fällt auf die Tastatur, weil ich beim Denken die Nase gekräuselt habe, aber ohne Septum darf man als Frau heute gar nicht mehr schreiben. Siebzehn Cent bei Ebay, direkt aus Hongkong, sind unschlagbar. Poetry-Slam-Darfschein zum Bestpreis. Warum eigentlich baut man Bomben nicht aus Titan und warum schmuggelt man Kokain nicht in Chirurgenstahl?

Die Haushofer haben Haus und Hof schon zu Lebzeiten aufgefressen, am Ende musste sie sich eine Schwester erfinden, um in Frieden zu sterben. Was du davon mitnehmen kannst, ist, dass du aus deiner Rolle fallen musst, am besten wäre es noch, dass du das machst, was die zu beiden Seiten von dir sich nie trauen würden. Zählt aber natürlich nur, wenn du vorher den Kopf nicht gewendet hast. Die Bewegung nach rechts und links ist nur Zeitverschwendung, mit dem Finger wie mit dem Kopf. Nein heißt nein. Nur durch die Vermeidung bekommst du den Vorsprung, während sich die Masse noch mit schief gelegtem Haupt gegenseitig mustert, um den Status quo zu bestimmen und die Grenze zu ziehen. Am einfachsten geht es sich über Grenzen, bevor sie jemand mit neongrüner, wasserfester Kreide auf den Asphalt gezeichnet hat. Dann kostet dich die Überschreitung nicht mehr Überwindung als der Gang zum Supermarkt zwei Minuten von dir über den Parkplatz und die Treppen hinab oder wenn es gar nicht anders geht, nimm halt den Fahrstuhl daneben. Bei zwei Minuten ist das Schuheanziehen schon die größte Hürde und zuvor braucht es dann noch eine Hose, das ist schon immer das Problem, wenn die Post klingelt.

Dieser Text ist nicht perfekt, soll er auch nicht sein, sonst will dich eines Tages nur jemand überreden ihn vor einer Jury zu lesen. Perfekte Texte kannst du dir daher erst kurz vor dem Tod leisten, dann kannst du sicher sein, nicht mehr lesen zu müssen. Die anderen, das sind immer die anderen. Sie sind keine Tinderellas. Doch bei dir ist nicht alles mit Ausnahme der Pantoffeln gläsern. Deine Gedanken sind verhüllt und deine Gefühle unter Worten vergraben. Auf deinem Profilbild trägst du ein Kostüm, doch eigentlich hasst du Karneval, wenn Menschen Dinge tun, die sie sich den Rest des Jahres nie trauen. Legitimierte Grenzüberschreitung. Seit sie damit beschäftigt sind, Dinge in sich selbst zu projizieren, haben sie nicht mehr die Fantasie, es in andere zu tun. Peter Pan ist erwachsen geworden und Verlieben ist doch was für Teenies. Ein erwachsener Hund jault nicht beim Krallen schneiden. Das Tier gewöhnt sich an alles, auch daran, dass sich der erwachsene Schwanz offenbar selbst genug ist. Wer nicht erobern muss, wartet ab, ob er benutzt wird. Wer nicht benutzt werden will, wischt nach links oder schweigt. Du siehst drei Tage am Stück die gleichen Profile. „Sie haben diesen Menschen nach links gewischt. Sind Sie sich sicher? Bitte bestätigen Sie durch zwei weitere Swipes in den Folgetagen." Du möchtest nicht Teil einer App sein, die deine Meinung nicht ernst nimmt. Wenn die große Liebe Schicksal ist, wird sie dich auch so finden.

Das Leben ändern

‚Würdest du etwas in deinem Leben ändern, wenn du wüsstest, dass du in etwa einem Jahr eines plötzlichen Todes stürbest?'

So lautete eine der sechsunddreißig Fragen, die an einem Blind Date gestellt dazu führen sollte, dass man sich in jeden Menschen verlieben könne bzw. dass sich dieser in einen verlieben würde. Fragen, die dazu verleiten sollten, dem anderen die eigene Seele zu offenbaren. Eine interessante Abwechslung zu den üblichen Lügen der positiven Selbstdarstellung wäre es allemal. Sie überlegte, ob die meisten Männer, die sie in den vergangenen Monaten getroffen hatte, nicht eher eine plötzliche Magenverstimmung vortäuschen würden und dann so schnell wie möglich verschwänden, um ihre Katze, die sie nicht hatten, zu füttern, statt ihr solche Fragen zu beantworten. Beim Studium des Fragebogens spürte sie vor allem ein Gefühl von Unwohlsein und Bedrängung, wenn sie sich vorstellte, ein Fremder würde sie ihr in einem Café stellen.

Dagegen war jedes Bewerbungsgespräch ein Zuckerschlecken. Dieses Imaginieren von Situationen, die in ihrem Leben gar nicht auftauchten, sie hasste das. Oberstes Einstellungskriterium in einer

Personalabteilung schien das Vorhandensein von Konflikten im eigenen Leben zu sein und sei es auch nur die Auswahl eines Kinofilms, der auf allgemeine Zustimmung stieß. Sie war nicht launisch, sie parkte ihre Meinung zusammen mit dem Fahrrad hinterm Haus, bevor sie ihr Büro betrat. Von nun an ging es nur noch um das Wohl der Firma. Umso wichtiger war ihr die Gestaltung ihrer raren Freizeit und nie war es ihr in den Sinn gekommen sich für einen Kinoabend zu verabreden, ohne den Wunsch zu hegen, einen ganz bestimmten Film und nur diesen sehen zu wollen und so wurde die Filmauswahl noch vor dem Zustandekommen eines Termins klar kommuniziert. Bei so einem Treffen konnte man aber keine der sechsunddreißig Fragen unterbringen, also gedanklich zurück hinter die Kaffeetassen, die schon in ihrem Zustand der Gefülltheit dazu aufforderten, ein Gespräch zu beginnen. All die Gedanken mussten raus aus dem Bauch, mussten dem milchgeschwängerten Koffein Platz schaffen.

Der Kandidat für den Praxistest des Test-Matches fand sich auf einer Datingseite im Internet, glaubte man seinen Eckdaten, so handelte es sich um ein durchschnittliches Exemplar Mann. Zweiundvierzig, einsneunundsiebzig, zweiundachtzig, dunkelblond.

Ein typischer Thomas oder Michael halt. Dass sie sich allein aus optischen Gründen in ihn verliebte, konnte sie sich nicht vorstellen. Ganz unsympathisch war er ihr aber auch nicht. Er mochte Sport. Er traf sich gern mit Freunden. Sie sprachen über ihr Leben und dann wollte sie es wissen.

Sie sah seine Irritation, er zögerte. Was sollte das für eine Frage sein? Die war doch rein hypothetisch, die hatte doch gar keine Relevanz für sein Leben. Warum sollte er über so etwas nachdenken? Pure Zeitverschwendung! Diese alberne Utopie! Bei einer Antwort wie dieser war es sicher, dass sie sich enttäuscht abwandte. Mit einem Mann, der derart im Realismus verankert war, konnte sie nichts anfangen. Sie wollte mit einem Mann gemeinsam träumen können. So schätze Thomas Michael sie ein.

Da er aber weiter schwieg, wuchs die Spannung in ihr. Angenommen er beantwortete ihr die Frage ohne Vorbehalte, war dann die Möglichkeit gegeben, dass sie sich verliebte, ganz gleich wie seine Antworten ausfielen? Waren Offenheit und Ehrlichkeit die Schlüssel zur Ausschüttung der Hormone, welche das Gefühl der Verliebtheit kodierten?

Er legte voller Überzeugung dar, er würde nichts aber auch kein einziges Detail in seinem Leben ändern, weil er sehr glücklich sei, so wie er jetzt lebte. Das gefiel ihr. Frauen mochten doch selbstbewusste Männer, die mit sich selbst im Reinen waren. Er führte zahlreiche Belege an, wie ausgefüllt sein Leben sei. Ihr von seinem Traumjob, genau jenem Job, dem er eben nachging, vorschwärmen, hinzufügen, wie gut ihm der regelmäßige Sport im Verein und die freiwilligen sozialen Projekte, die er in seinem Viertel – zumindest in Gedanken – betreute, taten. Das war mit Sicherheit die richtige Antwort. Er wollte gerade ansetzen zu sprechen, doch wie sollte einem so ein Gutmensch mit einem Plus an Happiness und Karma-Punkten nicht unheimlich sein?

Was täte er denn wirklich, wenn alles bald ein Ende hätte, keine langfristigen Konsequenzen mehr. Er vergewisserte sich, ob sie wirklich die Wahrheit hören wolle. Auf ihre Bestätigung hin schilderte er, wie er gedenke, sich eine Waffe zu kaufen, er habe das schon recherchiert. Eine Waffe? Wie sonderbar! Es musste eine Lösung geben. Natürlich, schoss es ihr da durch den Kopf, das war clever, irgendwie wöllte auch sie nicht mit der Gewissheit leben, zu wissen, bald zu sterben, auch wenn es gute Seiten habe, zumindest ein ungefähres Jahr Aufschub zu haben und man kenne ja auch nicht den genauen Tag. Warum dann die Prozedur nicht abkürzen, wenn man es irgendwann nicht mehr aushielt vor innerer Spannung. Alles klinge ganz logisch und machbar und so begänne sie sich in ihn hinein zu fühlen, genau wie der Fragenkatalog es beabsichtige und sich ein bisschen in ihn zu verlieben. Diese schönen Grübchen waren ihr vorher gar nicht aufgefallen und irgendwie roch er auch gut. Er sagte ja nichts von seinem Wunsch nach Rache, erklärte nicht, wie er die Menschen in seinem Umfeld einen nach dem anderen erschösse und warum alle dieses Schicksal ganz sicher verdient hatten. Und so sagte er auch besser nichts von der Waffe, sonst starrte sie den Todesengel mit offenem Mund an und nahm so schnell wie möglich Reißaus, aber sie verliebte sich ganz sicher nicht in ihn.

Und wie sie beide das Schweigen schon nicht mehr aushielten, da musste eine Antwort her, eine Antwort, an die sie schon nicht mehr glaubte, sie hatte es doch geahnt, er musste irgendwie aus dieser Situation entfliehen. Sogleich gestand er ihr, dass er dieses Jahr vor allem nicht einsam verbringen wollte, sondern mit einer so wunderschönen Frau wie ihr und in diesem Sinne hielt er es für einen guten Anfang das Jahr damit zu beginnen, sich noch einmal zu treffen. Sie würde ihrer besten Freundin zu Hause sofort von dieser süßen Antwort erzählen

und diese antwortete, dass sie das auch erleben wollte.
Sicher ließ sie sich vom konventionellen Spiel des
Kompliments blenden und stimmte einem zweiten
Date zu, da sein Süßholz sie milde gestimmt hatte.
Nicht unwahr und doch nicht offen genug und dann
doch wieder so offen, dass er sein Ziel erreichte. Es
funktionierte seit Jahrhunderten und sicher hätte
es auch an diesem Tag funktioniert. Aber gelogen
hätte er dennoch, denn so schön war sie gar nicht.
Und irgendwie war ihm diese Antwort natürlich
nicht rechtzeitig eingefallen.

Da kam ihm eine Idee, wie er von dieser anstrengenden Frage weg kam. Klar würde er sein Leben ändern, sie doch sicher auch?
Endlich war das Schweigen gebrochen. Nie hatte sie eine Frage mit einem klareren ‚Ja' beantwortet. Kündigen, erst den Job, dann die Wohnung, dann alle Zertifikate auf der Bank und das Geld auf eine Kreditkarte transferieren. Ihre Eltern hatten das Haus abbezahlt und für ein Jahr ermöglichten ihre Ersparnisse ihr ein mehr als gutes Leben. Nur weg aus dieser kleinen Großstadt. Es gab noch so viel, was sie sehen wollte, doch ein Jahr sollte genügen. Regenwälder, Steppen, Wüsten, Tempel und Großstädte. All ihr Hab und Gut verschenken und dann

einmal um die Welt. Zwölf Monate, zwölf Länder. Und einmal mit Fallschirm aus dem Flugzeug springen und eine Schlange streicheln trotz ihrer Phobie und Stierhoden essen, einfach nur um es einmal gemacht zu haben. All das sprudelte aus ihrem Mund. Das war doch die einzige Antwort, die man auf diese Frage überhaupt geben konnte.

„Genau das, wollte ich auch sagen, dem Alltag entfliehen", beeilte er sich ihr beizupflichten, außer das mit den Stierhoden, das wollte Thomas Michael nicht machen. Mein Gott, Stierhoden, er musste schlucken, diese Frau war noch verrückter, als er angenommen hatte.

Am verrücktesten war jedoch, dass sie ihn am Ende des Abends doch tatsächlich nicht nach Hause begleiten wollte.

Leben im Konjunktiv

Die coolen Männer hören Rock. Einen Undercut tragen sie vielleicht nicht, aber wenn du lächelst, ist mir der egal. Nur dass du für mich lächeltest, das glaubte ich nicht, denn die coolen Männer standen nie auf mich oder vielleicht waren sie auch nur zu schüchtern, es mir zu zeigen. Nun schau ich in dein Gesicht und ich frag dich, das mach ich nicht oft, denn ich bin keine Pochemuchka. Ich schenke der Welt nicht viele Fragen, ich sammle sie lieber in meinem Kopf. Doch heute frag ich dich: „Bist du glücklich?" und du sagst, du bist. Das ist zwar keine Antwort, doch schon mehr als Hamlet wusste. Dabei meine ich noch nicht mal gemeinsam. Den Schuh zieh ich mir nicht an, ich tausch ihn nicht gegen meine fellbesetzten Chucks, unter denen ich so schmerzhaft gedämpft jeden Stein des Missfallens spüre. Ich meinte ganz einfach dein Ich. Das braucht Freunde gerade mehr als die große Liebe, du gibst auf – die Gesellschaft, die du nicht mehr hast her – und es ist besser so, denkst du, doch ein Mensch allein hat in so einem Fall nie Schuld, wenn man betrogen wird, dann nur weil man sich betrügen lassen hat. Nun hoffst du auf die, die du bald finden wirst, tippst dein Leben in dein Smartphone, denn nur so kannst du es ändern. Du brauchst mehr davon, nicht nur in deinem wunderschönen Kopf, berauschst dich am konstanten Rauschen, aber ich denke mindestens genauso viel wie du. Ich denke, du solltest lernen allein zu sein. Ganz klar ist das unbequem, doch wer allein sein kann, kann auch alles andere im Leben. Sich selbst auszuhalten wird zur ultimativen Härteprüfung. Einen Abend nur du, einhundert Prozent live und unverfälscht. Wir beide wurden enttäuscht. Heißt Enttäuschung nicht nur eine Täuschung loszuwerden? Was soll daran so schlecht sein? Das Leben ist doch ein einziges großes Tauschen und Täuschen.

Das Leben als Nischentier liegt mir nicht, dachte der Cualacino. Ich will nicht nur mal eben in eine zeitweilige Lücke des Lebens passen, entstanden aus den Umständen und kaum bin ich geboren, bin ich schon wieder im Vergehen begriffen und trockne Stück für Stück aus, wenn man mich nicht gar gleich bei der Geburt mit einer Serviette davon wischt. Das Spiel spiel ich nicht länger mit, ich bin kein Wasserfleck für fünf Minuten. Ich trage einen Namen, ich bin der Cualacino und ich bin gekommen, um zu bleiben. Er musste innerlich grinsen. Endlich, endlich, bitte, flehte es in ihm, als das vor

Aufregung feuchte Glas mit der kalten Flüssigkeit die Messingoberfläche berührte. Die Hand verließ es und die Stimmen drangen fort, hielten seine Hoffnung am Leben. Endlos schien das Gespräch zu dauern, doch Cualacino brauchte jede Sekunde, um seiner dauerhaften Existenz näher zu kommen und als das Glas schließlich wieder angehoben wurde, da jubilierte er, denn er hatte sein Ziel erreicht. Auf dem Metall blieb ein kreisrunder Abdruck im Durchmesser des Glases zurück, noch war er feucht, doch es zeichnete sich bereits ab, dass er heller als seine Umgebung strahlte. Und so hatte er seinen Platz gefunden. Sein Leben war kein Makel, es entstand daraus. Kein Wunschkind?

Ich habe nie darum gebeten, bei Liebe hab ich mich stets lieber geduckt, statt laut Hier zu rufen, für ein wenig Herzrasen reicht auch ein Kaffee zu viel. Gern hätte ich meinen ersten Gedanken am Morgen weiter selbst bestimmt und meinen letzten und all die dazwischen, doch sobald da Ruhe war, warst da immer nur du. Dein Foto, deine Stimme, so lang er hier klebt, schreit er, du denkst an mich. Tust du doch auch, eigentlich. Ich schreib dir, um sicher zu sein. Die Balz ist vorbei, oder? Doch warum ist da immer wieder dieses ‚Hab-ich-schon?' zwischen all den Pausen der Worte? Meine liebste Nummer vier, welche Nummer trage ich? Cualacino schaut deinen Wandel, schaut, wie ich mühe, schaut, wie du ausweichst, wie du lebst und mich irgendwie nicht mehr brauchst. Es ist schön dich von deiner Langeweile zu befreien, doch du sagst selbst, ich bin so viel mehr, bin nicht nur hübsch und clever, auch wenn du für dieses ‚Mehr' keine Worte hast. Es ist ein Irgendwas, was uns zueinander zieht, die Momente der Zurückhaltung, in denen ich mich zu spiegeln weiß und du lässt mir viel Raum in deinem Zögern. Ich breche mich selbst, meine Regeln, die Zeit. Ich lass dich dich sein, weil es das Erste war, was ich von dir wusste und wenn du meinst dich ändern zu müssen, so lass ich auch das geschehen. Mein Leben hat für dich keine Magie, denn du siehst den Cualacino nicht. Im Klartext heißt das, ich bekomm wohl nie meinen Kuss. Hättest du ihn gesehen, vielleicht wäre es dann nie so weit gekommen und mein Körper diagnostizierte ganz klar, das mit der Ebenbürtigkeit wird wohl nichts. Nun muss ich mir einreden, wie schlecht du küsst, wie sich der schale Geruch von Pfefferminz und Nikotin in meinem Mund ausbreitet und du tastest und rastest und wartest und mir Raum gibst, mich zu entfalten und walten und dich dem Rhythmus, den ich gebe, ganz hingibst und ihn zurückgibst, mich umschlingst und bezwingst und schon wieder pocht mein Schoß. Dabei wollte ich doch einen schlechten Kuss beschreiben und dich mit all dem Schnuffelrock von meinem Smartphone werfen. Mein Herz pocht schneller als der Takt der Musik. Der Cualacino grinst mich von deinem aus an.

Ich irre umher, getrieben von der Sehnsucht mich von einer Klippe zu stürzen, will endlich mutig sein und den Augenblick nutzen. Wer nicht wagt, der nicht gewinnt. Doch am Boden des Brunnens kennt die Welt keine Abgründe und so ist der Fall kurz. Je flacher man fällt, desto weniger Adrenalin, irgendwann fängt der Körper erst gar nicht damit an, es zu produzieren und saugt sich ganz einfach die Reste aus dem Blut. Der Brunnen ist leer. Der Regen fällt und mit einem Mal wird die Welt transparent, verschwimmt hinter dem Schleier der Tränen. So nass, wie sie sind, wirken die Mauern auf einmal ganz semipermeabel. Mit dem Ausstrecken der Hand kann das Papier mit den aufgedruckten Ziegeln reißen. So viel Grün. Ein unendlicher Reichtum von Gelb zu Blau. Die ersten Schritte sind noch zögerlich, ein verhaltenes Hopsen, dann renne ich einige Meter. Der Staub fällt aus der weißen Spitze. Wie schön die

Welt ist. Ich könnte noch ewig gehen. Ganz ohne dich und den Cualacino in mir.

Die große Liebe

Die erste Liebe vergisst man nie. Seine hieß Lena. Sie hatte blonde, abstehende Zöpfchen, die wippten, wenn sie die Hühner gemeinsam über die Beete des Großvaters scheuchten. Voll Demut beobachtete er sie, keine konnte so schöne Sandburgen bauen und so zögerte er nicht sie zu seiner Braut zu nehmen, bis dass der Tod sie scheide. Doch wie sie schon am nächsten Tag gemeinsam Sand in Eimer schaufelten, da trat sie sein Meisterwerk, er zerrte sie am Zopf hinweg und da trennten sich ihre Wege. Sie waren nicht füreinander bestimmt.

Er wurde älter, auf einmal waren Mädchen doof. Und irgendwann gab es da ein Mädchen, auf das das nicht zutraf. Sie trafen sich nach dem Unterricht, schleckten ein jeder ein Eis. Und bald schon wollten sie nicht mehr ohne den anderen sein. Solang sie nur zusammen waren, hatte das Leben auf einmal einen Sinn. Jede freie Minute verbrachten sie zusammen, sprachen von der Zukunft, Kindern, Heirat. Vor allem aber waren sie glücklich: im Jetzt und im Gedanken an Morgen. Sie passten perfekt zueinander und dann war da auf einmal Peter und der passte eigentlich auch ganz gut zu ihr, eigentlich noch besser, nuschelte sie. Er schimpfte, schwor seine Liebe, packte die Sachen und ging.

Von Jana rieten ihm all seine Freunde ab. Ihr Kopf war nur von außen schön. Doch er wähnte sich in der Verfassung seine Liebe selbst zu wählen. Jedes Wort gegen seine Liebe band ihn nur fester an sie. Am Ende musste er eingestehen, dass sie Recht gehabt hatten und er in seiner Blindheit wertvolle Zeit verschenkt hatte. Allzu locker hatte sie das große Spiel des Lebens gesehen, je mehr mitspielen, umso lustiger, fand sie.

Julie liebte es von ihren Seminaren und Büchern zu sprechen. Sie schwärmte von Hegel und Proust und schimpfte auf Adorno. Sie hatte Klasse und einen starken Kopf und so konnte er sein Glück kaum fassen in einer Reihe mit Hegel und Proust zu stehen und ein Stück ihrer Liebe abzubekommen. Sie liebte seine Bodenständigkeit, sie liebte es, wie anders er war und dass er seine Ziele verfolgte. Der kluge Kopf, der tagein und tagaus programmierte und den Rechnern das Denken beibrachte. Auch wenn sie sich oft nicht verstanden, rieben sich doch nicht nur ihre Gedanken und Worte aneinander, sondern jedes Mal darauf auch ihre Körper. Sie ergänzten sich in Sinn und Sinnlichkeit. Ihre Gegensätze zogen sich an, bis ihn der Blitz der Zerstörung traf und ihre Erklärung, die Leidenschaft sei weg, ihn zurück in die graue Realität spülte.

Trost fand er bei Katharina. Katharina war nicht minder schön und nicht minder intelligent als die Frauen vor ihr. Sie liebte es, für ihn da zu sein. Kein Tag verging ohne sie. Aber irgendwie war es nicht genug. Irgendwas fehlte zu seinem vollkommenen Glück. Er konnte nicht sagen, was sie ihn nicht genügen ließ und so bat er sie zu gehen. Es käme eine andere, eine, die besser zu ihm passte.

Carolin modelte neben der Uni. An dem kleinen Altersunterschied störte sie sich nicht, was waren schon zehn Jahre? Mit ihr war alles schön, sogar das Streiten. Ihr konnte man die Welt erklären. Dann widersprach sie zuweilen hitzig, um bald darauf zu erkennen, dass er doch zumindest ein klein wenig Recht gehabt hatte. Erneut fühlte er sich angekommen. Dann wurde sie schwanger, sein Glück war grenzenlos. Doch da flossen die drei Teelöffel Blut doch wieder aus ihr und ihre Tränen waren mengenmäßig sicher reicher. Sie versuchten es erneut. Es wollte nicht klappen, doch ein Kind musste her, um das Glück perfekt zu machen. Und war ihr Glück nicht perfekt, so war es nichtig. Es gab nichts, was er tun konnte, sie zu trösten und so trennten sie sich.

Die Jahre vergingen. Er ward es leid. Dem ewigen Suchen müde geworden. So viele erste Dates, an denen es hieß immer wieder die gleichen Fragen zu stellen und zu beantworten. Immer mühsamer erschien es ihm, ganz von vorn zu beginnen, dabei hatte er es doch bereits alles gehabt. Jedes Mal wieder hatte er an die Erfüllung seiner Träume geglaubt, hatte sich angekommen gewähnt und dann war sein Leben ein ums andere Mal in seiner ganzen Breite zu bloßem Schaum zerplatzt. Wo konnte man noch suchen, wie die Wahrscheinlichkeiten für sich nutzen? Oder konnte man nicht gleich aufs Suchen verzichten, einfach finden? Er klagte seinem Bruder bei einem Bier sein Leid. Er hörte das Ticken in seinem Bauch. Wenn er sich jetzt keine Mühe gab, wäre bald alles vorbei.

Die Kerstin sei gerade wieder Single, die mache wie er irgendwas mit Computern, hier könne Verkuppeln sinnvoll sein! Das habe er nicht nötig, so verzweifelt sei er nun auch noch nicht. Die Kerstin war in seine Parallelklasse gegangen und damals hatte sich schon abgezeichnet, dass ihr ein Job mit medienwirksamer Optik nicht zu Gesicht stand. Hinter einem Rechner war das kleine Moppelchen von damals ganz gut aufgehoben, dachte er, laut ausgesprochen hätte er es nie, allein schon um einem dummen Spruch zur eigenen Körpermitte vonseiten des Bruders zu entgehen.

Doch zum 40. Geburtstag der Schwägerin war auch Kerstin ganz zufällig eingeladen. Ganz so dick wie in seiner Erinnerung war sie nicht mehr, von seiner Idealvorstellung einer Frau aber weit entfernt. Sie stand da bei den anderen und sie nippte gelangweilt an ihrem Rosé. Warum man so etwas wie Roséwein herstellte, hatte er nie verstanden, Rosé, so dachte er, war ein unbefriedigender Kompromiss, wenn man zu faul war sich zwischen Rot- und Weißwein zu entscheiden. Stockend kamen sie ins Gespräch. Und am Ende des Abends hatten sie eine Verabredung für das kommende Wochenende.

Sie tranken Rosé. Sie hatten einander gewählt, da war keine Fremdeinwirkung im Spiel gewesen. Auch wenn sie nicht in jedem einzelnen Punkt dem Menschen entsprachen, den sie sich für den

Rest ihres Lebens gewünscht hatten, um genau zu sein in ziemlich vielen sogar nicht, so waren sie füreinander doch eine gute Partie. Sie stritten sich oft ohne Respekt, dann tat es ihnen leid und sie vertrugen sich. Nach zwei Jahren bestellten sie das Aufgebot, nach drei kam das erste Kind. Es gab Monate, da war ihnen das Leben des anderen egal und sie reute es, ihr Leben aufgegeben zu haben. So stritten sie immer öfter, doch liebten ihr Kind. Das, so waren sie sich einig, war es wert, den anderen zu ertragen. Und so stritten sie bis in den Tod.

Das Seil

Die Liebe ist wie ein Seil, du knüpfst es und es zerbröselt dabei. Zwei Menschen werfen sich einen Faden zu. Sie ihm ihren, er ihr seinen. Im Wurf verfangen sich die beiden. Daraus entsteht nun ein dünnes Seil, ein Faden um den anderen geschlungen werden die beiden unzertrennlich. Sie umschmeicheln sich. Sie können nicht ohne den anderen. Eins verlässt sich auf das andere. Sie lagern ihr Gehirn aus, in das Gehirn des anderen hinein. So werfen sie sich weitere Fäden zu, umtanzen sich dabei, spielen Fangen, Räuber und Gendarm. Sie wissen wieder, was es heißt zu spielen, auf leichtem Fuß zu leben, ja leben. Das ist es erst, alles vorher ohne Sinn und Bedeutung, jetzt wo sie sich kennen. Sie kennen ihre Schwächen und Stärken. Und dies macht sie stärker, lässt die eigenen Schwächen im Verhältnis redundant werden, zusammen, aber auch allein. Doch allein gibt es nicht mehr. Das Seil wird von Tag zu Tag dicker.

Sie können sich alles erzählen. Sie saugen jeden noch so kleinen, ja selbst den unrotesten unter den grauen Fäden des anderen Alltags in sich hinein, keine Geschichte zu langweilig, der Gang zum

Bäcker wird zum Bestseller. Sie können sich immer auf den anderen verlassen, stets ist er da, wenn es Schwierigkeiten gibt, wenn einem die Kraft fehlt, da ist noch wer, der hält. Wenn einer zu bequem ist, der andere wird es richten, und wenn auch der zu bequem ist, sei's drum, ohne ihn wäre es doch nur auch nicht erledigt worden. Eine zweite Chance ist es wert. Dann liegen sie da, die Fäden zum Knäuel verwickelt und langweilen sich gegenseitig. Gemütlichkeit nennen sie das und schweigen gemeinsam. Morgen ist ein neuer Tag, da werden die Fäden wieder straff gespannt sein.

Hinaus heißt die Maxime, man muss unter andere Leute. Sie treffen ihre Freunde. Sie spaßen, sie lachen, genießen den Abend gemeinsam. Bowling, die Tapasplatte, der Freundeskreis greift zu. Die bunten Cocktails an ihrem Tisch, einer kostet vom anderen. Die Stimmung ist locker und so merkt sie es nicht, als eine der Freundinnen ein böses Wort gegen ihn verliert. Sie stimmt in das allgemeine Lachen ein, fügt eine weitere Pointe hinzu, eine Pointe, die doch nur die beiden anginge. Sie hat die Lacher auf ihrer Seite. Auch er lacht, lacht seine Kränkung die Kehle hinunter und spült mit dem bunten Cocktailwasser nach. Das Wort indessen

hat sich mit den Kletthaken in einem der Fäden
verzahnt und zerrt mit seinem Gewicht an ihm.
Das Seil spannt. Der Knall, als der Faden reißt,
geht im gemeinschaftlichen Lachen unter. Das
Wort fällt zu Boden. Sie zahlen. Unflickbar. Beim
Aufstehen berührt der Absatz ihres Schuhs das Wort.
Sie dreht sich um, weiß nicht, wonach sie sucht. Sie
sieht. Nichts.

Das Leben geht weiter, der Vorfall bleibt unerwähnt.
Für sie ist alles wie immer. Dass das Seil an einer
Stelle etwas rauer ist, fällt keinem auf.

Er hilft seinem Bruder. Sie ist allein zu Haus, weiß
nichts mit sich anzufangen, sie surft im Internet,
will ihre Mails abrufen, doch das ist nicht ihr Profil,
das ist seins. Sie will sich schon ausloggen, als sie kurz
zögert. Die Maus verharrt über dem Log-out, was
er offensichtlich vergaß. Sie zieht den Arm zurück.
Ein Moment der Nostalgie. Postausgang. Sie scrollt
nach unten, klickt auf die Nachrichten, gesendet
an sie. Sie lächelt, während sie liest. All die schönen
Worte, die vom Zauber bestäubten Erinnerungen.
Immer weiter liest sie sich in die Vergangenheit.
Gut, dass er all das aufgehoben hat, bei ihr war's
schon gelöscht, als ihr bewusst wurde, dass es ihr

wichtig wurde. Dann hört der Nachrichtenfluss an sie auf. Natürlich, da kannten sie sich noch nicht. Dafür taucht der Name einer anderen Frau auf, seine Exfreundin und wie sie im Lesefluss ist, ist die Nachricht geöffnet, bevor die Augen registrieren, dass sie nicht an sie gesendet wurde. Er schreibt, wie weh ihm die Trennung tue, er schreibt von Wunschkindern. Die Tränen stehen ihr im Gesicht. Damals hatte sie ihm das Herz gebrochen. Nun kann sie es ihm nachfühlen, denn auch in ihr zerbricht gerade etwas. Sie liest die Nachricht noch einmal. Und noch einmal. Da dreht sich sein Schlüssel im Schloss. Sie weiß, sie hätte die Nachricht nie lesen dürfen, doch sie versucht nicht einmal mehr sich auszuloggen. Als er näher kommt, muss sie die Luft nicht anhalten, sie kann ohnehin nicht mehr atmen. Von ihr wollte er Kinder und sie sollte ihrs abtreiben! Sie stoßen aufeinander, regen sich auf, diskutieren sich aus. Nur eine Frage der Situation, zwischen all den Prüfungen ohne abgesicherte Zukunft ein Neugeborenes! Die Fäden werden poröser, man sieht es kaum, doch beide spüren es deutlich.

Und weiter im Alltag. Der Job, die Uni. Erzählt sie von ihren Büchern, ist er in Gedanken schon längst bei der Arbeit.

„Was ist nun mit Kino?"

Der Film, von dem sie gestern erzählte. Welcher Film? Er kann sich nicht entsinnen. Ein weiterer Faden reißt.

„Na klar gehen wir."

Ein flüchtiger Kuss, als er vom Frühstückstisch aufsteht, sich anzieht und auf Arbeit verschwindet.

Sie räumt das Geschirr in die Spüle, freut sich auf den Abend, packt ihre Bücher und fährt zur Uni. Als sie das Seil betrachtet, sieht es gleich wieder fester aus. Nach Seminar und Vorlesung tastet sie nach dem Handy. Das Nachrichtensymbol blinkt, er entschuldigt sich für den Abend, da er länger arbeiten muss. Ihr Kopf sinkt. Das Seil fühlt sich wieder viel strapazierter an, so wie beim Erwachen.

Ihre Gedanken sind verfitzt. Sie schlendert zum Café, liest die Seminaraufzeichnungen bei einem Chai, immer wieder blickt sie auf, kann sich nicht konzentrieren. Ein breites Lächeln trifft ihren umherschwirrenden Blick. Der braune Wuschelkopf ordert ihr einen weiteren Chai, hört sich ihren Tag an. Mit jedem Schluck und Satz geht es ihr besser. Sie bedankt sich, das Gespräch habe ihr gutgetan. Sie müsse noch zur Bibliothek. Er begleitet sie nach draußen und zum Abschied berühren sich ihre Lippen, ohne dass sie es wollte, doch sie ist verwirrt, sie wehrt sich nicht, ihr Kopf sagt: „Aufhören!", der Körper gehorcht nicht. Nach einer gefühlten Unendlichkeit stehen sie sich wieder gegenüber.

Es tue ihr leid, sie sollten sich nicht wieder sehen. Mit einem Fuß ist sie schon in der Bibliothek, will dem Wuschelkopf nicht nachblicken und kann so nicht sehen, dass ein Freund von ihm eben sein Fahrrad losschließt.

Passiert ist passiert. Sie geht einkaufen, will ihr schlechtes Gewissen mit einem Nudelauflauf wegkochen. Sie weiß, dass er den gern isst. Wenn es schon mit dem Kino nicht klappt.

Er ist schweigsam, als er nach Hause kommt. Anstrengender Tag? Sie essen, reden wenig. Als er den leeren Teller von sich schiebt, fragt er nach dem Wuschelkopf. Er zeigt ihr die Nachricht von Paul, der sie mit ihm gesehen habe. Das Herz rutscht ihr in die Hose. Der letzte Faden reißt, als sie sagt, es sei nicht so, wie er denke. Der Satz kommt ihr billig vor. Es dauert nicht lang. Sie reden, während er den eigenen Faden wieder einrollt. Und als er weg ist, sie den ihren. Was soll er auch so allein auf dem Boden liegen?

Putztag

Ein kleiner Ball aus Staub zerschellte an der Hauswand neben den Mülltonnen. Er war soeben unbemerkt in einem rasanten Tempo mit der Frau aus der Tür gerollt, als diese das Haus auf ihrem Weg zur Arbeit verlassen hatte.

Etwas war seltsam an diesem Tag. Stella konnte nicht sagen, was es war, im Grunde war alles wie immer. Sie eilte durch das Treppenhaus, unter der Heizung glänzte es noch feucht. Sie registrierte es aus den Augenwinkeln und scannte die Wohnungstüren mit ihrem Blick, als sie weiter eilte. Es duftete dezent nach Zitrone und nach Feuchte, ein hündischer Geruch schwang mit, als ihre Schritte die Luft aufwirbelten.

Eine Staubfluse rollte erschrocken zur Seite, um nicht hart von ihrer Schuhsohle getroffen zu werden. Die oberen Staubteilchen quietschten vor Schrecken, die unteren vor Freude, ob der flinken Richtungsänderung und wie sie mit der Geschwindigkeit blitzschnell ihre Positionen tauschten, wussten sie bald selbst nicht mehr, wer zu welchem Teil zählte und aus welchem Anlass schrie und Lust und Panik vermischten sich zu einem einzigen Knäuel an höchsten

Emotionen. Doch eigentlich war es auch egal, denn Staubteilchen schreien auf einer Frequenz, die für alle außer für sie selbst und die anderen Teilchen lautlos ist, sodass sie keiner hören kann, wenn sie sich Gehör verschaffen. In ihrem Übermut waren die Staubteilchen übereinander gesprungen und hatten sich eins an dem anderen festgeklammert, wie es auch bei einer Menschenpyramide der Fall ist, nur dass sich Staubteilchen natürlich wesentlich besser festhalten können, als es der Mensch mit seinen lächerlichen zwei Händen vermag und so war die Staubfluse erst entstanden. Wer nur drei Hände zum Festhalten brauchte, hatte mit den anderen beiden seine Gevattern und Bekannten herbeigewinkt und so wuchs die Fluse rasch, doch die Frau, die da eben ihre Wohnungstür verschloss, schien blind für sie zu sein. Da niemand sie mehr wegputzte, hatten die Stäube ein Sozial- und Sexualleben entwickeln können, ganz anders als Stella, bei der in dieser Hinsicht mit Ausnahme des Kusses vor ein paar Wochen nicht viel passiert war.

Mit einem Mal sah sie den Mann, der vor ihr stand. Sie machte sich los und stürmte übereilt davon. Zuerst hatte sie nur die teddybraunen Augen, die sie warm anzulächeln schienen, wahrgenommen.

Als sich seine Lippen langsam von ihr lösten, war er ganz vor ihr erschienen: seine fleischigen Wangen, der Hals, den man eigentlich nicht als solchen bezeichnen konnte, denn zwar verband er Rumpf und Kopf, doch durch die Speckröllchen war er etwas zu kurz geraten und wirkte, als wäre er selbst Teil des massigen Torsos. Der Mund, der da eben noch auf ihren Lippen gelegen hatte, hatte für sie verschreckend sinnliche Züge. Seine Arme, die ihren Kopf gehalten hatten, lösten sich, während er noch ein letztes Mal an ihrer Lippe knabberte. Sie fühlte sich geborgen, nie hatte sie sich durch einen simplen Kuss so beschützt gefühlt, überhaupt wusste sie nicht, ob sie sich je bewusst so gefühlt hatte, so und nicht anders musste es sich im warmen Schoß ihrer Mutter angefühlt haben. Normalerweise hasste sie es, die Hände eines anderen beim Kuss in ihrem Gesicht zu spüren, doch seine umgriffen zärtlich ihren Nacken. Sie gaben ihr Halt und ließen ihr doch keine Chance zu entkommen. Nicht dass sie das je gewollt hätte. Ihr war ganz schwindelig, ob vor Glück oder Erregung, sie wusste es nicht.

Seine Zunge tastete sich leckend in ihrem Mund umher und es drängte sich ihr der Gedanke auf, er suche ihre Klitoris in ihrer Mundhöhle, was natürlich bei allen Parallelen zwischen Kuss und

Oralsex Kiki-Ficki war und doch konnte sie dem gedanklichen Heckleck nicht entgehen und musste sich vorstellen, wie diese Zunge tiefer schmeckte. Wie sich seine Zunge leckend Raum schaffte, das war so wenig fordernd, kein Stück Egoismus lag darin und doch war es etwas ganz Selbstverständliches, dass sie ihr in ihrem Mund Platz bot, ihn in sich dringen ließ, während ihre Knie ganz weich wurden. Sie öffnete den Mund und gab sich hin, während er begann an ihrer Lippe zu knabbern. Sanft legten sich seine Lippen auf ihre, ganz weich waren sie und warteten geduldig, dass sie sich entspannte. Seine Lippen kamen auf sie zu und sie spürte Ekel und Panik in sich aufsteigen.

Sie durchbrach den Kreis des Geruchs und mit einem Mal war da nichts als weißes Rauschen in ihrer Nase. Sein Kopf kam ihr immer näher, während sein Blick sie neugierig musterte. Sie wollte davon laufen, doch sie konnte sich nicht bewegen. Sein Odeur nahm ihr die Sinne. Ihr war mit einem Mal furchtbar übel, sie hatte nicht einatmen wollen, doch sie war nun dazu gezwungen. Seine Lederhaut musste ungewöhnlich dick sein, was ihn wie einen Elefanten vermutlich umso empfindsamer machte.

Eigentlich hätte er den Raum putzen sollen, doch sein Geruch sorgte dafür, dass man ihn unmittelbar, nachdem er ihn gewischt hatte, erst einmal als schmutziger wahrnahm als zuvor. Während sie männlichen Schweiß sonst nur aus ihrer Erinnerung an heiße Sommernächte kannte, wenn einem überambitionierten Liebhaber die geruchslosen Tropfen von Stirn und Kinn auf ihr eigenes Gesicht hinab fielen, rann ihm der Schweiß sommers wie winters den Leib hinab. Er musste sich noch nicht einmal besonders anstrengen und bei ihm war schon die trockene Haut sudorisch. Je weiter sie die Treppen hinab stieg, umso stärker wurde der Geruch, denn sie kam seinem Verursacher näher. Während sie weiter ging, erinnerte sie sich, denn sie sah den feuchten Fleck unter der Heizung. Es war Putztag. Als sie aus ihrer Wohnung in den Flur trat, nahm sie einen beißenden Geruch wahr. Sie schloss die Tür ab.

Und so begann die Geschichte.

Die Andere

„Du-uu-uh?"

„Du! Hey, ich rede mit dir!"

„…"

„Nun sag schon, wie soll es deiner Meinung nach jetzt weiter gehen? Nach der letzten Nacht sollte so langsam eine Lösung her, meinst du nicht?"

So viele Fragen. Die Antwort könnte Schokolade lauten, Schokolade hat schon so viele Probleme für dich gelöst, aber du kennst sie, ihr kannst du das nicht anbieten. Sie ist kritisch. Sie ist zudem rational. Diese Antwort genügte ihr niemals.

Schokolade, pah! Da könnte man ihr gleich mit ner Zahl kommen. Schokolade macht aus ihm keine Frau und erst recht macht sie ihn nicht zu ihr. Zu ihr, die du einzig wollen solltest, zu ihr, der allein doch dein Körper gehören sollte, für immer. So habt ihr's damals abgesprochen und du sahst keinen Grund zur Einsprache, eine andere hast du nie gewollt. Wie solltest du wissen, dass bald er in dein Leben treten würde? Doch nun helfen alle Es-tut-mir-leids der Welt nicht mehr, können noch nicht mal deine Verzweiflung ausdrücken und deine Verwirrung so und so nicht. Ich meine, ein Mann? Wirklich?

„Einigkeit ... eine Hand, die bleibt", drehorgelt das Radio vor sich hin, dabei weiß doch jeder, dass am Ende nichts bleiben wird, nicht mal mehr ein Wort, nicht nach gestern Nacht. Warum auch immer zwischen Flur und Bad streiten? Ihr Blick ist weiter geradeaus gerichtet. Keinerlei Emotion liegt darin. Eine beredete Mimik erhält erst dann Sinn, wenn da auch einer ist, mit dem zu reden, es sich lohnte.

Mit der Frau, die sie da mit ähnlich ausdruckslosen Gesichtszügen abwartend beobachtet, hingegen ist jede Kommunikation sinnlos und so beginnt sie alsbald damit und schaut der Fremdvertrauten geradewegs in die Augen, nimmt wie so oft an ihrem Gegenüber gar nicht wahr, welche Farbe sie haben, denn die Farbe der Iris ist eine Emotion, sodass die Antwort, fragte man sie, in dem Fall zwangsläufig grau lauten musste, doch natürlich weiß sie, was sie zu sagen hat, wenn sie gefragt wird. Ganz automatisch nennt sie die Farben des Laubs an einem schönen Tag Anfang Oktober und weiß, es sind alle darunter, nur die Witterung bestimmt, welche in dem Moment dominiert, mehr Wandel, mehr stetes Leben, einerlei, denn so genau will es der Fragensteller niemals wissen, ihm genügt es sein Kreuz in den Akten zu machen. Ihr Herz hechtet dem Blick voraus und ist unterdes schon in der

Monochronie des Novembers angelangt. Und so starrt sie und sieht doch gar nichts.

Angezogen ist sie auch noch nicht, Hemdchen, weiß mit lilanen Herzen, und ein Hipster, rosa mit schwarzen Punkten, blindes In-den-Schrank-Greifen passt doch immer und auch wieder nicht, denn eine bessere Farbkombination könnte man sich immer vorstellen. Das Halbgare offenbart die drei großen Flecken auf dem linken Schenkelansatz und einen kleineren auf dem rechten. Unter ihrem Tintenton schimmert ein Ansatz von Purpur. Ihr jüngerer Gesell auf dem linken Oberarm hebt sich farblich ab. „Mehr Liebe", brüllt er in Richtung der Fliesen, „kann dir keiner geben. Ich bin nicht mehr als Lippenstift, der in seinen porengroßen Erschütterungen schon ins Gelbliche absäuft." Als wolle er sich gegen einen neuen Übergriff schützen, denn nähern sich nun noch einmal die Zähne, so schienen sie weniger strahlend weiß, nun, da seine Farben wechseln. Du stellst dir vor, du drückst dein eigenes Gebiss auf ihren Fleck, es deckte ihn und passte doch nicht, wie überhaupt nichts mehr passte. Die Spannung ist eine impressionistische, denn der Arm ist nicht gestreckt, nicht über ihr, noch hin zu ihm, zum Glück, aber gestern, da war er's halt noch. Ganz eindeutig ist dies aktuell der schönste der Flecken, den sie sieht. Sie selbst hat nur einen auf dem Wadenbein, den kann sie gerade nicht sehen, aber der ist kein bisschen schön, der schmerzt nur, wenn sie dagegen kommt und erzählt keine Geschichten, sondern verhöhnt sie nur für ihre Unaufmerksamkeit den nassen Fliesen gegenüber. Gehässiges Biest!

Und da scheint die andere auf einmal doch in den Dialog mit ihr treten zu wollen. Ihr Blick wird aufmüpfig, als störte sie sich an ihrem Starren und kenne ihr Urteil bereits, bevor sie sich dessen selbst bewusst ist, spürt sie die Abwertung darin. In dem Moment ist es einerlei, ob diese dem Neid oder einer Überzeugung entspringt, nur dass sie kein Mitleid darstellt, das wissen sie beide, sie hat einen jeden Farbflecks mit tief geklappten Lidern empfangen und diese Gabe mit einem beredeten Blick in die Farblosigkeit zu würdigen gewusst.

Ob es Sympathie ist? Sie kann es nicht sagen, denn obwohl die ihr gegenüber eine erwachsene Frau ist, kann sie sie nicht riechen, so unschuldig wie eines kleinen Mädchens ist ihr Odeur. Frei von Geschlecht, huscht es ihr durch den Sinn, während ihr bewusst wird, wie sich die Härchen an ihrem Oberarm beginnend am Ellenbogen eins ums andere aufstellen und sie gleich einer Welle der Übelkeit von ihren Wurzeln nach oben zerren und unter höchster Spannung den Gedanken ausharren.

Was dann noch folgt, ist kaum der Erwähnung wert, denn die glatte Haut, die sich ohne jede Wölbung zwischen Brüsten und dem Hügel der Venus spannt, ist längst zur erinnerungskulturellen Resignation verkommen. Auch die Haptik ist einerlei, denn die ist so kühl wie ihr Blick. Wirklich schön findet sie sich nur noch nach einem Fastentag, wenn die ursprüngliche Idee eines ebenen muskelsträngigen Bergs, erschaffen durch das Schaufeln der Täler entlang der Knochen, für einige Momente wieder zu erahnen ist.

Wenn die Blicke schon so tief gehen, wird das in der Regel auch nichts mehr mit der Kommunikation. Dann führt kein Weg mehr in ihr Innerstes. Unverhüllte Haut bringt die Lippen zum Schweigen und mit ein bisschen Glück stoppt auch der Geist in seiner Analyse und hält im Philosophieren inne und den Moment dafür fest umklammert. Versuchen kann man es, doch aller Wahrscheinlichkeit nach verfangen sich die Gedanken in der Phase der Schnappwortfindung. Das ist noch nicht einmal mehr freies Assoziieren, noch in der synthetisch geschaffenen Welt fasstest du klarere Gedanken.

Sprich, da kommt nichts mehr von ihr, nicht mehr als dieses wortschwere Schweigen und vielleicht könnt ihr euch auch ganz ohne Sprache recht gut verstehen, ein bisschen kommt es dir so vor. Erfolgreich zu kommunizieren heißt doch nichts anderes, als sich im Gegenüber gespiegelt zu sehen und so wendest du dich ab und trittst weg von der silbernen Glaswand. Hilft ja nichts, wenn sie sich nicht auch in ihr sieht. Euer gemeinsames Foto streichst du mit dem Ärmel von dem Sideboard, als du die Jacke anziehst, ein Stück zu energisch vielleicht. Nicht energisch genug hingegen ziehst du die Tür hinter dir zu und in der einsamen Wohnung bleiben die Scherben des zerbrochenen Glases auf ihrem Porträt am Boden.

Aktives Leben

Kennst du das? Wenn dir etwas so wichtig ist, dass du gar nicht mehr richtig schlafen kannst, bevor es vollendet ist? Wenn du mitten in der Nacht noch einmal die Füße unter der Decke hervorstreckst, die Schublade herausziehst und unter all den Stücken, genau jenes mit dem rechten Gleichgewicht zwischen den Extremen wählen willst, nur um festzustellen, genau jenes fehlt, hat es nie gegeben, denn du hast versäumt, es dir zuzulegen, so hart es auch klingt, aber nun ist es zu spät. Du wolltest etwas schaffen, so monumental wichtig wie dieser eine Satz. Es ist ein Satz, der einfach gesagt werden muss. So wichtig ist er, dass mit ihm nicht nur eine Revolution verbunden sein könnte, sondern gar die erhoffte Revolte – oder war sie befürchtet, mein Gedächtnis gleicht in seiner Zuverlässigkeit den Dates einer Dreißigjährigen. Und wie sechzig Prozent der Dates flockt dann auch die Revolte in deinem Morgenkaffee. Weiße, linke Bröckchen in braunem Wasser und der Einfall wird zum Ausfall. Wenn du ihn dennoch aussprichst, darf nichts, absolut nichts, schiefgehen und so bedenkst du jede Kleinigkeit, stellst die Wörter mehrfach um, spielst sämtliche Syntagmen und potenzielle Paradigmen systematisch durch, bis die finale Folge steht, die du in ihrer Konsequenz nächtelang bis ins letzte Detail mit den weißen Wolken deines Drogenatems vom Balkon gestoßen hast. Eben durchfuhr dich jener Gedankenblitz, bald ist es an der Zeit, ihn zu leben. Das kann es noch nicht sein, das bist zu sehr du, viel zu aufregend das Ganze, lieber noch mal drüber schlafen, doch können Gedankenblitze zweimal an der gleichen Stelle einschlagen? Mach lieber eine Idee draus und am besten hältst du dich auch gleich raus, denn die Idee gehört schließlich allen, erst mit ihrer Umsetzung beginnt das Eigentum und weil du weißt, dass Eigentum das Ende des Urzustands ist, beeilst du dich gefälligst mit dem Umsetzen, während ich hinter dir stehe, bereit dir das Streichholz gegen die Ungleichheit zu reichen, sobald dein Werk getan ist. Fängt es nicht gleich Feuer, so braucht es nur Geduld oder ein Auto, in das du es legst und dieses dann entzündest. Du musst da raus. Los, wirf den ersten Stein. Auch ich will ganz sicher keine Autos brennen sehen. Die brennenden Kapseln gegen die Struktur.

In deinen Augen ist sie wunderschön. Der Satz wiederum braucht keine weitere Erläuterung, was in deinen Augen wunderschön ist, weißt ja schließlich nur du und jedes Attribut, was ich dir mehr nennen würde, brächte dich in Gefahr, mich einen Idioten zu schimpfen, also stell sie dir einfach vor, die Frau, die du für dich wunderschön nennst. Und dann stellst du dir vor, dass sie ein lockeres, offenes Wesen hat, nahbar ist und einen Hauch Verdorbenheit in ihrer Persönlichkeit trägt und schließlich ist es sogar so, dass sie eins deiner Hobbys teilt, ganz einfach, weil die Frauen, mit denen du etwas teilst, ja irgendwie die Cooleren sind.

Diese Frau sitzt nun also vor dir und du wirst in ihr lesen, liest eine Stelle nach der anderen, die offenen Seiten, dass da noch andere sind, ignorierst du ganz einfach, auch das, was du nicht verstehst, ignorierst du, die Schachtelsätze, die Metaphern und all ihr Metasein. Du sitzt da und sie ist deine Soap opera, die dich auf dein Signal hin mit Inhalten anreichern soll. Du bist dir ganz sicher, du willst in ihr lesen oder war es doch leben? Scheiß auf Paradigmen. Es war ein harter Tag und dir fehlt die Lust, jetzt noch deinen Kopf zu benutzen und so lauschst du dem Rauschen, hörst den Klangteppich und wie er langsam in dein Bewusstsein sickert, stellst du voll Verblüffung fest, dass das du bist. Du starrst sie an und kannst dich nur immer wieder fragen, woher diese Göttin deine Gedanken kennt. Wie nur, denn geäußert hast du doch keinen einzigen und doch schwebt da vor dir ein genaues Bild von dir aus Tönen und du nickst voll Ehrfurcht und starrst auf ihr Haar, in ihre Augen, auf den Teint, die Lippen und auf all das, was du dir gerade nur vorstellen kannst, denn Heilige tragen kein Organza. Du sitzt ihr gegenüber und kannst dein Glück kaum fassen.

Dann steht ihr auf und du bringst sie zur Haltestelle und schließlich dringen über deine Lippen doch noch einige Silben und entzünden die Situation: „War schön dich zu treffen, alles Gute."

Mehr kannst du nicht sagen, denn du weißt, dass du sie nicht wiedersehen kannst, weil man so große Schönheit wie die ihre durch die Wiederholung nur zerstören kann. Du schließt die Augen, ihr brennender Leib reizt sie zu stark, zu hell das Licht und wie du dich abwendest, rinnen dir die Tränen über die Wangen. Erst als du ein paar Straßen weiter wieder etwas klarer siehst, tastest du nach deinem Smartphone, dein Finger schiebt sich in mühsamen Zacken über das Display, bis er schließlich erscheint:

„Dieser Satz
wurde lange überlegt,
nun ist der Moment,
ihn zu schreiben."

Raphael

Hast du bisher einen Menschen kennen gelernt, von dem du mit voller Überzeugung sagen kannst, du hast ihn geliebt? Rückblickend wird man sich da schnell unsicher, oder? Was heißt das schon, Liebe? Käme es drauf an, sein Leben zu geben? Sich selbst aufzugeben? Nein. Liebe ist Wahnsinn. Und sie begegnet uns so selten, wie oft wir ihren Namen auch aussprechen. Liebe heißt sein zu lassen.

Erinnerst du dich an die Zeiten, als sich alle Welt in Chatrooms vergnügte? Totaler Boom, sobald etwas freie Zeit war, wurde der Kippschalter des kleinen fiependen Geräts umgelegt und 56k – sicher nicht die modernste Technik, doch hier in der Kleinstadt gab es keine andere – eröffneten eine ganz neue Welt. Eine unendliche Anzahl möglicher Gesprächspartner, Gespräche weit über die Grenzen von Essen, Dortmund und Köln hinaus. Und ich war wie sie alle eigentlich nur neugierig. Ich erhoffte mir Zerstreuung und war gespannt, wer mich heute da erwarten sollte, klickte wahllos Namen und Fotos an. Blieb schließlich an einem Namen hängen. Wie man den wohl aussprach? Einfach mal nachfragen.

Eine Frage ergab die andere. Nächster Abend? Gleicher Raum? Abgemacht!

Dass er so schnell in ein interessantes Gespräch verwickelt war, hatte er nicht gedacht. Bisher war es stets belanglos gewesen, ein einmaliges Ding, Abend für Abend aufs Neue und nun freute er sich tatsächlich auf den kommenden Abend, da kämen noch ganz neue Seiten an ihm zum Vorschein.

Gesagt, getan. Die Zeit raste. Der Raum war schon fast leer, die Nacht längst kühl. Ab unter die Decke und schlaft endlich, ihr müsst morgen zur Arbeit. Na dann, bis morgen.

Nur die Bilder von ihm, daran war irgendwas komisch. Die gab ich jetzt mal in die Suchmaschine ein. Eine Band. Aha. War das seine? Nein, konnte nicht sein, auch wenn ich sie nicht kannte, so war sie doch insgesamt viel zu bekannt. Musste ich ihn gleich mal drauf ansprechen. Ob er hässlich war? Ne, ganz sicher nicht.
„ups, erwischt. hatte kein foto von mir und den typen, den fand ich ganz cool, so wie der wäre ich schon ganz gern. jetzt redest bestimmt nicht mehr mit mir *traurigguck*"

„doch klar, schreib ich viel zu gern mit dir für"
„echt?"
„klar"
„sag, hast du nen messi?"
„*grins*"
„na klar"

Schnelles ‚Guten Morgen' bevor es zur Arbeit ging. Gemeinsamer Kaffee. Geplänkel, Necken und dann los. Auf den Weg. Ab in den Alltag. Wie gut, dass so ein Messenger auf jedem Rechner der Welt läuft. Nur Internet braucht es und Internet hatte es auf Arbeit. Störte auch nicht, man schrieb nur weniger als zu Hause und dort ging es ja weiter.

Ständig online, monatelang. Nachrichten im Minutentakt, im Büro seltener, dafür bis in die Nacht, umso schneller. Connection failed! Was? Herzklopfen. Wie nervös er war, schon ganz aufgelöst. Er musste in diesen Chat, nur hier konnte er er selbst sein. Es gab kein Sein außerhalb des Selbst, also wo konnte er sonst hin? Puh, endlich wieder drin.

„ich schau heut deep impact"
„den hab ich auch, lass uns doch gemeinsam gucken"
„gemeinsam in zwei räumen auf zwei fernsehern?"

„wird lustig"
„3, 2, 1, start"
„ist simultan?"
„sollte"
„gleich kommt meine lieblingsszene"
„du machst scherze. das ist meine"
„sollten wir öfter machen"
„machen wir öfter"
„hab dich lieb"
„ich dich viel mehr"

Rund 180 000 Mails oder 547 Tage später beschloss ich, dass es an der Zeit war, sich endlich zu treffen.
„am wochenende?"
„super gern, aber vielleicht muss ich dir da vorher was sagen"
„ach was, ich weiß schon, du bist nervös. aber hey, wir verstehen uns so gut, da geht schon nichts schief"
„also am samstag?"
„also am samstag"

Vor Hausnummer vierundzwanzig blieb ich stehen. Hier sollte es sein. Ältere Tür, von der die grüne Farbe abblätterte, elfenbeinfarbene Fassade, die noch nicht bröckelte, eine Unterschrift im Türrahmen, Aerosolfarbe mit geschickter Hand hastig gesprüht.

Der Tag war neu, den hatte er nie erwähnt, davon abgesehen, fühlte sich das fremde Haus bekannt an. Ein älterer Mann mit einem struppigen Hündchen verließ das Haus für eine Gassirunde, so nahm ich an und schob meine Hand nach vorn, huschte durch den Schlitz. Zweite Etage, Hofseite. Sogar der Geruch fühlte sich heimisch an. Ich blieb stehen. Klingeln. Stille. Noch mal. Lautlosigkeit. Klopfen.

Ohne dass ich sie kommen gehört hatte, öffnete eine junge Frau. War sie geschlichen oder die ganze Zeit hier gestanden? Aber wieso überhaupt eine Frau? Falsche Tür? Konnte nicht sein. Trotzdem mal fragen oder gerade darum.

„Raphael? Der is nicht da. Warte selbst schon lange auf ihn."

Sag ich doch, richtige Tür. Aber was meinte sie?

„Wie? Schon lange? Ich war doch am Morgen erst mit ihm am Schreiben. Und wo isser hin?"

„Is weg."

Sie hatte mir noch nicht einmal ins Gesicht geschaut, drehte sich um und ging ein paar Schritte. Die Tür ließ sie einfach offen stehen. Kein ‚Herein', aber hieß die offene Tür nicht genau das?

„Kakao? Nur Wasser? Ein großer Löffel Pulver, ein halber Teelöffel Kaffee?"

Sie wusste, wie ich meinen Kakao trank? Hatte sie unsere Mails mitgelesen? Und vor allem wer war sie? Seine Olle?

Wie ich ihr in die Küche folgte und sie das Wasser aufsetzte, plauderte sie ganz unbeschwert, erkundigte sich nach meiner Anreise. Borken – Essen – Hannover – Magdeburg. Keine Verspätungen, wie ich erst befürchtet hatte? Alle Anschlüsse bekommen? Ob ich müde sei nach den fünf Stunden? Der Kakao würde es schon richten. Diese Frau hatte tatsächlich meine Mails gelesen!

Einmal Kakao mit einer Spur Kaffee, intensiviert das Aroma von beidem, Kakao und Kaffee, dazu eine von Hysterie getriebene Frage: „Wer zur Hölle bißße?"

Das war eine lange Geschichte, eine, die ich wohl lieber nicht hören wollte, doch nach all den Jahren hatte sie nur diese eine. „Tu dir doch ne andre ausdenken", schoss es mir spontan durch den Kopf, einerlei, ich kannte sie ja so und so noch nicht und so begann Monika.

„Raphael: Ich liebe ihn. Er ist mein Leben, mein einziges Sein."

Sie sprach von meinem Raphael. Und was war mit ihm? Liebte er auch sie? Oh Gott, wo war ich da hineingeraten? Und wie konnte es sein, dass sie hier mit ihm wohnte, tat sie doch, oder? Prüfender Blick zur Küchenzeile. Frühstücksspuren? Fehlanzeige! Alles neutral genug, dass es keine Rückschlüsse zuließ. Nach all den Jahren, da hätte ich sie doch mitbekommen müssen! Ich war doch nicht duhne.

„Da sinnma ja schoma zwei." Mit einem Mal hatte ich meine kecke Art zurück, als gäbe es gerade nicht alles zu verlieren. „Intressiert mich, watter dazu zu sagen hat. Wann kommter denn zurück?"

„Ja, gar nicht, das ist es ja." Sie schaute mich mit großen Augen an, zog die Decke fester um sich und ballte die Fäuste in die Fasern. „Seltsam dieser Dialekt, beim Schreiben hast du den nicht, ist glatt, als hätte man eine völlig Fremde vor sich. Aber dann auch wieder nicht." Was für ein Gedankenwirrwarr, was sie da vor mir ausbreitete. Erst fremde Post lesen und dann noch schlecht über meine Rede babbeln. Die wurde mir immer sympathischer.

Ungläubiger Blick: „Is bei sener Drittfrau, verstehe."

„Ist unter der Erde", flüsterte sie.

„Unter? Unter wat? Oh Gott! Wat? Wann? Wat is passiert?"

Ihre Lippe bebte. „Autounfall. Ein U^{un}fall, mit dem dem Auto. Ei^{ne} Se^{se}kund^e nicht auf ^gepasst."

Schluchzen zwischen den Silben, sodass sich der Rest der Rede vollständig darin auflöste.

„Oh. Oнннн."

Das sagt sie doch nur, um ...

„Vo͡or fünf Jah͡ren."

Sie fiel mir in die Arme, ich wollte sie von mir drücken und konnte es doch auf Grund der Tränen nicht.

„Bitte wat? Hannack, dat ist en sehr schlechter Scherz. En verdammt schlechter. Ich schreib ihm seit drei Jahren Tach und Nacht. Wie soller da tot sein?"

„Aber nein, hast du's noch nicht? Das war doch ich. All die Zeit war das nur ich. Ich bin in diesen Chatroom gegangen und na ja, am Anfang war es nur ein Spiel. Aber als ich dann begonnen hatte, ihn zu spielen, mir vorzustellen, was er sagte, wie er es sagte, da war die Leere in mir mit einem Mal weg. Über meinen Bildschirm wurde er auf einmal wieder zum Leben erweckt. In diesen Zeilen war ich er und er war bei mir."

Irgendwie glaubte ich ihr nicht, wollte ihr nicht glauben, aber konnte gleichzeitig gar nicht anders, als ihr zu glauben.

Wir lagen beieinander. Körper an Körper. Wir schauten ‚Deep Impact' und er fehlte uns beiden. Ein

Zurück gab es nicht, nun da uns beiden die Illusion offenbar war, wäre es nur noch albern gewesen, nichts weiter als eine Posse.

Ich bin nicht sauer auf Monika, sie handelte, um sich selbst zu heilen, es war ihre Art zu trauern und sie wusste nicht, was sie anrichtete. Raphael, Traum zweier Frauen, ist nun für beide nicht mehr Teil ihres Lebens. Da sie ihn verabschiedet hat, ist er noch einmal gestorben. Für mich das erste Mal, für sie ein zweites, doch diesmal ist es endgültig. Wir lieben beide denselben Mann und für uns beide kommt er nie mehr zurück.

Alles, was blieb, war Schmerz. Schmerz auf zwei Seiten. So hat es aus deiner Sicht geendet, nicht wahr? NICHT wahr. Was darüber blieb, war ein Häufchen Asche im Kamin und wäre man des Zeitsprungs und damit des Lesens im Dreck mächtig gewesen, so hätte man den folgenden Brief entdecken können:

Mein geliebter Raphael,

Heute Abend hat mich Judith zu der Ausstellung einer Freundin mitgenommen. Hätte ich gewusst, dass die Kleine, nicht Judith meine ich natürlich, eine solch bastardische Diebin ist, ich hätte den Abend lieber allein auf der Couch verbracht.

Blaue Stunde, ein Abend im Jahr 2015, so zumindest will es uns der Bildtitel glauben machen. Eine Frau steht vor einem Motel in Vegas. Pause vom Dienst. Sie lässt die Spitze ihrer Zigarette durch ihre Lungen aufglühen, ihre Haltung ist noch in der Rolle, ist noch nicht wieder die Frau, die sie zu Hause ist. Das Gesicht hat sich in den drei freien Minuten verbissen, mehr erzählt es uns nicht, nur ein Körper vor den bunten Lichtern, die die Blende der Kamera im Unwirklichen verschwinden lässt. Und in mir verschwimmt auch alles. Mein Blick verschiebt sich von dem Foto vor mir zu der Elster im kleinen Schwarzen. Heute ist sie es, die ein bisschen zu viel Glitzer mit sich trägt.

Ich hingegen erinnere mich an diese Nacht, als wäre sie zugegen. Wir waren so glücklich, im Rausch der körpereigenen Drogen, die auch in den kurzen Nächten den Schlaf immer genügen ließen, weil unsere Berührungen uns diesen ersetzten. Ich war so wahnsinnig verliebt, so verliebt wie nie zuvor. Ich war so verliebt, dass ich eifersüchtig wurde. Dein schuldloser Geist, der Trieb hat ihn befleckt.

Oh, mein Raphael, ich war so verliebt, ich hätte dich umbringen können, diese Nacht wie all die Nächte zuvor starben wir kleine Tode, nie parallel, es ist sicherer, nacheinander zu sterben und ich ließ dir wie jedes Mal den Vortritt, verstand deine Ungeduld und gab deinem Drängen nach, in mir sein zu wollen. Ich war so eifersüchtig und auch ich konnte nicht warten. Ich wollte du sein. Also tat ich es. Ich brachte dich um oder vielleicht tatest du es auch selbst. Ansichtssache. Zumindest aus den Augen einer Frau, meine ich doch. Du rolltest das Kondom ab und ließest auch mich unter kleinen Seufzern sterben.

Und so schaue ich wieder in das Gesicht auf dem Foto vor mir und mit einem Mal ist es nicht mehr nur hart in seinem Biss. Ihr Blick, stur geradeaus gerichtet, wird der deine. Er trägt so viele Löcher aus Eifersucht, dass er in meinem Inneren zerfällt.

Morgen kommt sie dich besuchen, will dich endlich persönlich kennen lernen. Ein bisschen bin ich auch in sie verliebt. Aber an dich reicht es nicht heran, ich bin verrückt nach dir, auch heute noch ganz rein verliebt und auch wenn sie ihre schwarzen Schwingen um dich legte, so konnte sie dich doch nicht bekommen und so wird es in alle Ewigkeit bleiben, dafür werde ich schon sorgen und es ist umso leichter, nun da ich du bin.

Auf ewig die Deine
 Monika

Zeitsprünge gibt es jedoch nur in der fantastischen Literatur, nicht im Realismus, in meinem zumindest nicht. Und darum war eben alles, was blieb, doch nur Schmerz. Und ich bei ihr.

Die vier Zwerge der Advente

INTIMITÉ

Die tiefen Bässe schmiegten sich stockend an die Gitarre und bahnten sich ihren Weg durch den Raum. Sie kommunizierten direkt mit ihrem Geschlecht, ließen sie die Vibrationen in ihrem Unterleib fühlen und seltsamerweise nur da. Diese Musik war anders als alles Genretypische: Die Partitur führte keine Homofonie von Voice und Instrumenten, stattdessen unterlegte die growlende, rauchige Stimme des Sängers den Cantus der Instrumente. Die Machtstrukturen waren vertauscht, der Führende diente. Und während der Sänger seine Kehle verengte, verengten sich auch die Wände in ihr. Herzschlag und Blutdruck taten es dem Muskeltonus nach.

Der individuelle Musikgeschmack hat viel mit der eigenen musikalischen Sozialisation zu tun. Schön fand sie diese Musik heute nicht mehr, aber es war ihre Art der spätpubertären Rebellion, die Musik, die sie zwar nie bei ihren ersten sexuellen Abenteuern hörte, aber dafür am Tag zuvor und am Tag danach. Und so regte sich bei den Klängen ihre alte Lust der sexuellen Entdeckungsfreude. Sie fühlte sich in einem Bann der Nostalgie umsorgt. Sie tanzte mit geschlossenen Augen, spürte mit einem Mal zwei

Hände an ihren Hüften und die breite Brust, die sich gegen ihre Schultern drückte und wie sie sich seinem Rhythmus hingab, war er auf einmal ganz und überall in ihr, sie atmete sein Eau de Toilette, das rote oder eine Variante davon, auf jeden Fall eines derer, die sie besonders gern mochte. Seine Bewegungen waren ganz autark und vermochten sie doch zu steuern, zogen sie in seinen Bann, als hätte jede ihrer Zellen einen neuronalen Anschluss an seinen Willen. Sie spiegelte seine Bewegungen, weil diese das einzige waren, was ungefiltert zu ihr drang, die Lichter, die Bässe, die anderen Leiber lagen unter einer Schicht frisch gefallenen Schnees. Nur sie beide nicht. Sie drehte den Kopf und blickte in seine Augen, tastete sich tiefer zu dem spärlichen Flaum des Barts und dem Grübchen im Kinn. Nicht ihr Typ, aber das war ihr in dem Moment auch völlig egal. Sie gab sich wieder hin und folgte seinem Takt, fühlte das Blitzen, wenn die Hormone an ihrem Ziel andockten und ein kurzes Aufblitzen der Energie von sich gaben und als sie sich umdrehte, war der Unbekannte verschwunden und ihr blieb nur das intensive Gefühl auf ihrer Haut und die Einheit mit der Musik. Sie hätte ihn gern aus dieser Hölle des Schweißes heraus mit nach Haus genommen, schade drum, und doch hatte er ihr auf seine Art doch bereits genau das gegeben, was sie gebraucht hatte.

CURIOSITÉ ET PATIENCE
Die Woche ging schnell vorbei, doch ihr Pensum war nicht geschafft und so verbrachte sie auch das Wochenende in der Bibliothek. Ein scheues Lächeln erregte ihre Aufmerksamkeit, kurzes blondes Haar, Brille, der Rest von ihm war durch einen riesigen Stapel Bücher beinahe verdeckt. Es schien ihm ähnlich wie ihr zu gehen, sicher auch irgendein Referat und doch hätte sie ihre Ausarbeitungen, wie spannend das Thema auch war, ohne ihn, dessen Bücherberg sogleich wieder anschwoll, nachdem er über den Nachmittag sichtbar kleiner geworden war, wohl deutlich missmutiger, wenn überhaupt geschafft. Sie las sich durch anatomische Aufzeichnungen, Erfahrungsberichte und soziale Wertungen, durch fremde Kulte und Riten und endlich hatte sie das Gefühl ein Licht zu sehen und all die Bruchstücke fügten sich zu einer großen Theorie zusammen. Eigentlich galt es nun nur noch, diese in der Praxis zu bestätigen.

Nachdem sie die letzte Seite umgeblättert hatte, war sie allein in der Bücherei und obwohl nach ihrem

Verlassen da Menschen wie sie auf dem Weg nach Hause waren, so kam sie sich hier einsam vor, denn keiner von ihnen hätte ihre Aufmerksamkeit in einem ausreichenden Maß wecken können, anders konnte es nach dieser Reise in die Welt des Wissens auch gar nicht sein. Pure Langeweile in den Gesichtern, kein Körper schön genug, um als solcher zu genügen. Auch online dieselbe Misere und mit einem faulen Kompromiss wollte sie nicht leben. Das konnte sie nicht verantworten, da lieber weiter suchen. Selbst war die Frau und als sie es gerade aufgeben wollte und anfing die Stadt zu verdammen, da stand er auf einmal vorm Hörsaal, ganz selbstverloren breitete er seine Aura in dem kalten Flur aus, sodass sie nur stehen bleiben konnte. Sie starrte ihn an und vergaß ihre Vorlesung darüber ganz und gar. Jedes Wort, was er in sein Telefon sprach, so überlegt wie die Bewegung, mit der er seine Haare hinter sein Ohr strich, nicht beiläufig, sondern mit reiner Akribie, drang zwar zu ihr durch, doch begreifen konnte sie es nicht. Er stand da, als gehörte er ganz selbstverständlich hier hin, genau vor diesen Hörsaal und als sich die Tür schloss, da trat er auf sie zu und blieb wortlos stehen. Wie sie in seine Augen sah, bemerkte sie, dass er ein ganz anderer war und so schwieg auch sie, sie schaute ihn nur an, doch sein Blick penetrierte sie nur, um sie am Rückgrat wieder verlassen zu können. So standen sie eine gefühlte Ewigkeit. „Alles Gute und viel Erfolg", begann er schließlich doch das Gespräch und da Gespräche so nicht beginnen, drehte er sich um, während sie noch immer staunend stand und weg war er. Das konnte doch nicht die Möglichkeit sein, sie biss sich vor Wut über sich selbst auf die noch immer stumme Unterlippe.

PAROLE
Ihre Pussy war blau. Sie musste trotz des Schmerzes, mit dem sich ihre Wände vor Verlangen zusammenzogen, schmunzeln. Das Schönste an einer langen Partnerschaft waren doch die versteckten Phrasen und Zitate, die zwei Menschen als eine Einheit auszeichneten, weil nur sie deren individuelle Bedeutung kannten, doch gerade war sie eine Insel ihrer eigenen geschliffenen Sprache. Wenn Männer blaue Eier bekommen konnten, so hatte sie eben von Zeit zu Zeit eine vor Gier schreiende, in ihrer Verspannung mit Schwere behaftete Pussy, die sie mit der Eigenschaft blau versah. Als T-Shirt-Spruch hätte ihr das nicht weiter geholfen, es hätte die Männer nur verschreckt. Wenn auch die roten Tage heute keinen Mann mehr abhielten, die blauen täten es

sicher. Gelebte Geschlechtergleichberechtigung, kein Sex für naive Zibben, kurz NaZis. Als sie auf die Straße trat, fühlte sie sich umhüllt von Testosteron. Jedes Aftershave, jedes Lächeln, ja selbst das krause Haar eines Nackens erregte ihre Aufmerksamkeit und nicht nur die.

„Hast du mal Feuer?"

„Leider nein."

Dafür hatte er ein Lächeln für sie. Und sie erwiderte es.

„Nicht schlimm, dann vielleicht Lust auf nen Kaffee?"

Eigentlich hatte sie ja auf ganz andere Dinge Lust, doch es half nichts. Sie musste dem Mann das Gefühl geben, dass er Tempo und Richtung bestimmte, wollte sie dort ankommen, wohin sich ihr Kopf längst verabschiedet hatte. Schluck für Schluck legte er ihr seine Vergangenheit dar, stellte kluge Fragen, hörte zu und als sie schließlich bei ihren Wünschen und Zielen angekommen waren, da gab es kein Zögern, sondern die Rechnung und eine Vertagung in ihre Wohnung.

Er redete weiter mit Händen und Zungen auf sie ein, benutzte nun weniger Worte, erntete dafür mehr Erwiderung und Zustimmung in einem. Seine

Fragen waren kurz und präzise und eine Bewegung des Kopfes oder ein Stöhnen genügten als Antworten und so fand er schließlich den richtigen Punkt, den primären und sekundären und er wechselte geschickt, es war nur ein fingerbreiter Unterschied, den er erfragt hatte.

„Nicht aufhören!" und das tat er nicht, auch als sie längst den gedanklichen Überblick verloren hatte, nur noch schätzen konnte wie oft und ihr Mund zu trocken geworden war, um weiter zu stöhnen. Zwanzig mindestens. Erst dann drang er in sie und forderte sein Recht auf Erlösung über weiteren süßen Wellen. Nach einer Pause küsste er sie ein letztes Mal, schlüpfte in seine Jeans und das blaue Shirt, das sie ihm vorher viel zu schnell vom Leib gerissen hatte. Es zeigte die Umrisse eines Kätzchens, das gierig aus einem Napf trank und war mit ‚Is this how your pussy is?' kommentiert.

Jetzt ist sie nicht mehr blau, dachte sie bei sich. Schlaftrunken. Er zog den Sweater über und verabschiedete sich.

UNITÉ

Sie schlief den Schlaf der Erschöpften und erst am Morgen kam ein Traum über sie. Die vier Männer der letzten Sonntage traten auf ihr Bett zu, sie waren seltsam gekleidet, denn neben ihren Kutten trugen sie auf dem Kopf elfengleich spitze Hüte, doch sie erkannte sie ganz deutlich und sie sprachen in einem monotonen Singsang: „Wir sind die vier Zwerge der Advente. Unsere Mutter ist die Sexualität. Wir sind in dein Leben getreten, um dir Nähe, Neugier, Geduld und Kommunikation zu bringen. Die Tugenden sind nun die deinen. Geh und trage sie in die Welt." So kletterten sie gemeinsam auf ihr Bett und wie sie auf dem Laken saßen, da kamen sie ihr viel kleiner vor. Wie Spielzeugpuppen traten sie noch näher und wurden mit jedem Schritt kleiner, während sie noch immer ganz starr auf dem Rücken lag. Nun standen zwei zu den Seiten ihres Kopfes, die anderen beiden verweilten auf ihren Wangen. Sie senkten die Häupter. Vier. Drei. Zwei. Eins. Aus der Traum.

Zwei der Männer rannten, den Blick noch immer gesenkt, geradeaus nach unten und stießen zuerst ihre Mützen und dann den Rest des Leibes nadelgleich in ihre Ohren, einer rechts, der andere links. Zeitgleich liefen die anderen in zwei eleganten Kurven ihre Rougebögen entlang. Eine aggressive Röte stieg von ihren Nasenlöchern auf, als sie diese wie wütende Stiere einrannten. Doch die Gereizte war sie. Sie atmete schwer durch den Mund, fürchtete zu ersticken, ward benommen durch das Rauben der Sinne, doch als sie eben meinte, es nicht mehr auszuhalten, da war es vorbei und sie erwachte. In ihrem Kopf hatte sie die vier Männer.

Ob Nähe eine Frage der Distanz ist

Immer wieder darf ich mir anhören, ich sei zu distanziert, emotional wenig involviert und woran man bei mir sei, bliebe ein Schiebepuzzle, dessen Bilder ich in mir beliebten Abständen austausche. Und es stimmt ja, beim Schreiben brauche ich stets weniger Emoticons als der Mensch am anderen Endgerät und weder meine sogenannten Eltern noch meine hier nicht genannten Freunde können mich realistisch einschätzen. Ich interessiere mich für zu vieles und mag viel zu weniges, denn das meiste ist doch maximal echt nett.

Wenn ich ein Buch lese, werde ich spätestens zwanzig Seiten vor dem Ende nervös. Das liegt nicht daran, dass das letzte Wort bald kommt, sondern daran, dass es noch nicht erreicht ist. Ich will es abhaken, will ein neues beginnen, denn dieses wird ganz sicher mein Lieblingsbuch werden und so hat das aktuelle, ganz gleich wie sehr ich es im Hauptteil genossen habe, längst keine Chance mehr, dass ich es noch einmal an mich heranlasse.

Dich hingegen in mich zu lassen, stellt kein Problem dar, hat es noch weniger als bei anderen vor dir und nach dir gab es keine, denn du hast mich mit deiner ersten Antwort zwischen deine Laken geschrieben. Ich habe zwei gesunde Beine, was heißt, es bereitet mir kaum Mühe, sie zu öffnen. Offen zu halten, an mich zu ziehen, auf deinen Schultern abzulegen, um deine Hüften zu schlingen. Ich kann sie benutzen, um dich wegzustoßen oder in mich zu treiben. So turnen wir, ganz ohne es zu merken, ein Zehntel des Kamasutras durch. Ich liebe die Romane in deinem Gesicht. Ich lese und ich fühle und ich spanne mein Innerstes um dich. Näher geht es nicht. Ich spanne meine kleine Welt um dich. Solang du in mir bist, ist alles richtig.

Mein Selbstwert steigt mit jedem meiner Kleidungsstücke, wenn es fällt. Und nachdem es vorbei ist, liegen wir beieinander, sobald mich die Kühle kitzelt, rücke ich näher an dich, bedecke dein Becken mit meiner Architektur aus Bein. Ich weiß, dass andere Menschen nicht automatisch das Beste für mich wollen und dass ich ihnen nicht trauen darf. Doch bin ich mir nicht sicher, ob du je davon gehört hast, denn du, ich staune, lebst mir ganz ohne Zögern das Gegenteil vor. Für dich und das verblüfft mich nur mehr, geht diese konträre Welt auf.

Satz für Satz reden wir uns in die Welt des anderen. Ich lausche deinen Utopien und hier in meinem Bett kann ich es wagen, sie für diesen Moment mit dir zu träumen, bis ich verlegen auflachen muss, wenn du dich wieder im Detail des Alltags verheddert hast, wie unwichtig und doch so menschlich. Wir bauen unsere Worte ineinander, tauschen Meinungen wie zuvor Körperflüssigkeiten, nur dass ich nie zweifelte, mein Körper könne dir nicht genügen und das, obwohl du nie sagtest, du fändest mich schön und schließlich war ich es, die wählte, während du mich ganz einfach sein lässt. Mit Erstaunen sehe ich uns aus dem Türrahmen heraus zu, denn du glaubst weit mehr an den Geist und Charakter der Frau neben dir, als ich das tue. Ich ruhe, doch mit jedem Satz, den ich in dich tauche, wächst mein Zweifel, ob ich damit ein Bild von mir sähe, das jenem gleicht, das ich dir zu geben wünsche. Mit jedem Sem reiße ich eine Lücke des Zweifels in mich. Reichen zweihundert Prozent? Du bist hier, das sollte mehr als genug der Antwort sein. Die Vorstellung meines Körpers hingegen ruht in meinen Gedanken. Mein Mehr an genetischer Masse zwingt mich zum Zweifel, lässt mir gar keine Wahl als genau jene Reihenfolge: erst die Brüste, dann die Theorie. Da man hingegen nicht alles aussprechen kann und wählen muss, so sagt doch auch jene Wahl etwas zu deinem Bild über mich. Oder ist das alles in Wahrheit vielleicht genau umgekehrt und du redest nur, um mein Bild zu formen? In Fakten gedacht kenn ich dich doch gar nicht. Ich weiß so wenig über dich, kenne deine politische Meinung, deine Hobbys, deinen Musikgeschmack, deine Auffassung zur Arbeit, ich weiß, wie du wohnst und dass deine Stimme mir am Telefon schwache Knie bereitet und dass sie überlegtere Akzente trägt, wenn du nervös bist. Ich weiß, welchen Tee du gern trinkst und dass du es hasst, eine Entscheidung zu treffen und vor allem wie sich der Schwung deiner Hüften anfühlt und dass er nicht nur aber auch dazu führen soll, dass ich doch bitte komme. Da bleibt so viel, was mir noch fehlt.

Dann fragst du nach der nächsten Bahn, du verlässt mich nie ohne den letzten Hauch der Verbindlichkeit, der wie die kleinen Schaumkronen eines Duftbads an den Kacheln des Türrahmens haftet und mir ein Wiedersehen sichert. Wenn ich allein im Bett liege, Tage später und ich dichte dir Sonette aus meiner Vergangenheit, Visionen und meinen Träumen – wie sentimental, hör ich dich denken – dann ist der Himmel deines Blicks ganz bei mir und nie werden wir uns näher gewesen sein als in meinem Geist.

Anderssein ist innere Schönheit. Es wäre sicherlich bequem, wenn ein anderer über meine Freizeit und so indirekt auch über die Menschen, mit denen ich diese verbringe, entschiede. Charakterlich voran brächte es mich jedoch nicht, untergrübe gar die persönliche Entwicklung in Richtung Selbstbewusstsein und Glück. Das Individuum, was ich zu sein erstrebe, gehört nur einem Menschen, sich selbst, es kann nicht fremd gehört werden. Das hab ich begriffen, es umzusetzen schafft eine Zeit, in der man oft fallen wird, sind die Stutzräder erst abmontiert. Es kreiert eine Haut, die an manchen Tagen so bunt wie das Leben strahlt.

Was soll ich nun tun? Mir keine Sorgen, dafür lieber noch nen Kaffee. Der macht den Kopf klar und den Körper rank. In der Ferne regiert das Schweigen, weil es an mir ist zu schreiben. Die Verpflichtungen halten an und lassen einfach zu wenig Zeit stehen. Sie reißen die Stunden mit sich, bis man sich nur noch auf sein Bett freut. Ich glaub nicht, dass du kleine Pfeile aus meinen Worten schnitzt, wenn ich gerade nicht hinsehe, doch der Zweifel hat seine Gewohnheitswiderhaken längst ausgeworfen und überlebt so noch den letzten Menschen.

Ich bin lieber allein als im Grab. Doch deine Augen sind Leben und deine Lippen im Nachhall an meinem Hals. Wenn ich die Tasten berühre, wirst du für mich da sein, du wirst mir all die großen Fragen beantworten. Keine Kompromisse, nicht du, nicht ich. Bis es so weit sein wird, handle ich klug und lass mir bunte Haare wachsen.

Die Spiegelfrau

Ich bin's. Felice. Trägerin eines ansehnlichen Körpers. In etwa entspricht er den Maßen der Mädchen in den Magazinen. Die Brüste ein wenig kleiner, die Schenkel ein Stück breiter. Mein Haar ist lang, die Augen groß. Alles in allem irgendwas zwischen Ideal, Wunsch und verachtenswerter Utopie. Trete ich anderen Menschen gegenüber, bin ich vor allem dies. Diese süße Hülle des Schokoweihnachtsweibes ohne Smarties. Ich klappere nicht. Unter der Vollmilch bin ich quasi hohl.

Ich glaube, das war schon immer so, es fiel mir selbst nur nicht so stark auf, als ich noch dazu neigte, meine Vorlieben und Gedanken nach außen zu transportieren. So lang wirkte ich am Leben für mich und meine Umwelt. Und nun, da ich dies abgeschafft habe und nur noch für mich und in mich hinein all die Gedanken und Wörter und Sehnsüchte produziere, bin ich ein Stück weit tot. Halbtot, scheintot, ganz wie du willst. Das ist okay, nur unrelativiert will ich es nicht lesen. Die Kladde ist das Zewa der Gedanken, doch das Papier saugt meinen inneren Fluss nicht mehr auf. Stream of Sinsciousness. Seit für jeden Teen Streaming zum

Alltag gehört, habe ich mich davon getrennt. Ich bin im Fluss, bin dabei nicht mehr dazu zu gehören. Oder es zu wollen. Ich bin Oldschool, ich möchte besitzen, zumindest wenn es um meine Gedanken geht. Sie sind viel zu rar, viel zu exquisit sie jedem Passanten zuzuwerfen. Und näher als dieser steht mir keiner, denn man hat mir mein Herz entrissen.

War ich früher verschlossen, so glaube ich, dass heute selbst die, die sich meine Freunde nennen, ja die, die mich in verschiedener Form zeugten und gebaren, nichts über mich wissen, vor allem nicht, was in mir ist: ein riesiger Hohlraum. Nur die Medien, die haben es natürlich schon immer gewusst. Sie haben nur versäumt es zu schreiben. Damals, gestern zum Beispiel, hätte es noch weit weniger finanziellen Gewinn erwirtschaftet. Der Hohlraum, und das wusste selbst der Augstein nicht, ist ausgelegt mit glänzendem Spiegelpapier. Das ist sein großer Vorteil. Denn so spiegeln sich in ihm die Wünsche und Sehnsüchte meines Betrachters an sein Gegenüber. So bin ich diplomatisch, ohne mich zu verbiegen.

Ich bin ein Ideal, weil ich nicht bin und so alles sein kann. Was immer du in einem Menschen sehen willst, in mir kannst du das. All deine Fragen, ich werde sie affirmieren, deine Fantasie nähren und so wird mein Inneres zum Phönix, von dir geschaffen. Du tastest mich mit deinen Worten ab und ich verstärke sie, positiv wie negativ. Ich werde zum Vamp und fühle mich doch wie die heilige Jungfrau. Das Thema ist interessant, ich klinke mich in deinen Kink, doch während ich streng trenne, sind für dich Theorie und Praxis eins. Ich suche das Gespräch und du die Tat. Das ist der Kern des Problems. Auch der schlimmste Theoretiker will in meiner Gegenwart zum Helden werden und stoppt seine alltäglichen Bemühungen, Wissen zu schaffen. Mein Sein verkehrt die Prioritäten. Das Blut strömt zur Mitte, lässt das Gespräch wirklich werden.

Es liegt an mir, wer von uns unglücklich ist, wenn der Tag zu Ende geht. Ich oder wir beide. Rein quantitativ eine einfache Entscheidung. Doch bleibt die Menge des Unglücks doch stets die gleiche und nicht immer bin ich fähig deinen Anteil mitzutragen. Und dann gibt es da Menschen, deren cooler Blick sich nicht an meinen Spiegeln bricht. Ihre Energie ist so stark, dass sie durch mich einfach hindurchgeht.

Die meiste Zeit lebe ich gedanklich in einer anderen Welt. In ihr sind die Menschen von außen verspiegelt.

Die Frau, die Schmetterlinge pupste

Sie liegt an ihn gepresst, atmet seinen Duft, ihn mit allen Sinnen genießen, das ist es, was zählt. Je mehr Sinne am Sex beteiligt sind, umso besser wird er, umso intensiver der Orgasmus, denn dann war da erst das ganze Universum und mit einem Mal ist da gar nichts mehr, einfach ausgeknipst. Der maximale Verlust stellt den größten Glücksgewinn dar. Wieder mal das Nichts als größtes Glück. Einfache Wirtschaft. Antiwirtschaft. Freiheit gleich Glück. Bei den Sinnen wie bei den Gütern.

„Nun drück doch fester." Sie weiß nie, ob sie ihn darum bitten kann. Andere ja, aber da führen ihre Worte auch zu keiner Wechselwirkung. Er ist der einzige, der keine Angst hat, ihren schmalen Körper zu zerdrücken. Aber noch ist es nicht stark genug, er drückt, doch tangiert den Grad des Schmerzes nicht. Er soll bitte endlich die Gedanken in ihrem Kopf wegdrücken und sie zurück an den Ort des Geschehens bringen. Schmerz lässt den Geist unter einem konstanten Leistungsdichtespektrum arbeiten. Alle Frequenzen darüber hinaus werden apokopiert. Doch gerade nimmt die Amplitude ihrer Gedanken wieder zu. Da hilft nur selbst dagegen lenken.

Aber nun müssen die Güter erst einmal ausgetauscht werden. Sein Schwanz steht versteift. Wie ein Stümmelchen drückt er sich ihr in den Bauch, nur dass es sich hier um ein Exemplar im Largeformat handelt. Immer wieder greift seine Hand nach unten, richtet, was genau weiß sie auch nicht. Unverständlich bleibt ihr der Algorithmus, während er immer weiter nestelt wie eine Konfirmandin, die sich in ihrem Festkleid ganz offensichtlich unwohl fühlt. Merkt auch er, dass ihm der Schwanz heute eine Nummer zu steif ist? Ein Piks in den Bauch unterbricht den Gedanken. Nein, ein Piken hört ja bei allem auf, was mit der Größe einer Nadel vergleichbar ist. Er stößt ihr in die Gedärme. Es fühlt sich an, als erzeuge er in seiner beständigen Gleichförmigkeit ein Loch in ihrer Epidermis. Den Bauch entjungfern und in die Spaghetti des Abendmahls dringen. Dann kostete das kleine spuckende Maul von der Bolognese. Blutrote Soße über der Kuppe und die Nudeln winden sich um ihn. Warm und weich wie ihre Pussy und da sie wieder vergessen hatte oft genug zu rühren, wären immer ein paar dazwischen, die noch mehr al dente waren als die anderen. Immer schön reinficken in die Sauerei, ficken für die Kunst. Die Nudel in den Nudeln. Eine Installation von Mira Coli. Telefonscherzromantik. Und dann die ganze Sauerei ablecken. Von einem behaarten Hügel isst sich nicht gut. Dann hätte die ganze Rasiererei endlich ihren Sinn. Den Sauberkeitsfanatikern zeigte sie es schon.

Er greift ihr zwischen die Beine, doch sie öffnet sie nicht sofort und so dreht er ihren Körper, als sei der Venushügel nur der Henkel, mit dem sich ihr Becken anheben lässt. Und Action. Aus/An. Griff an den Schwanz. Retour. Da kann er nun stochern und schubbern. Da ist er richtig. Ja, ganz mühelos ist er richtig. Er bedient den Hunger. Nur eine Hand voll. Sie beugt ihr Becken, presst sich ganz an ihn und ihn ganz tief in sich. Dann gleitet er wieder hinaus. Kurzes Zwischenspiel, geschaffen die Spielzeit zu verlängern.

Aber noch ist der Busch da und sie trägt ihn mit Stolz, weil er sie anders macht. Mit einem Metallstift durch die Haut kann man die Männer bestenfalls noch verwirren. Zum Schocken braucht es die Natur, da hilft in unserer Zeit kein Bodymod. Selbst die bunte Herde Schmetterlinge, die vom Anus über ihre Pobacken tätowiert sind, findet der wachsende Kern der Szene bezaubernd. Die Mehrheit schmunzelt darüber, aber die, die angewidert die Nase rümpfen, die es schade finden, dass sie ihren Körper auf diese

Weise verschandelt und ihr ins Gewissen reden, dass ihr Körper doch auch nicht jünger werde, werden immer weniger. Wenn es sie noch gibt, dann in der Gruppe derer, deren Körper diesen Status schon längst erreicht, wenn nicht gar überschritten hat und der ihren Talisman daher gar nicht erst zu Gesicht bekommt. Werberelevante Zielgruppenkorrektur abgeschlossen. Ihr Sandkastenfreund hatte immer gewitzelt, sie pupste die Schmetterlinge doch direkt wieder aus dem Bauch heraus, weil ihre Schwärmereien für einen Jungen sich meist schon nach den ersten Worten, die sie mit ihm wechselte, verflüchtigten. Dabei war sie doch nur mutiger als die anderen Mädchen ihres Alters. Das schüchterne Zaudern und züchtige Schaudern des ersten Hallos über Wochen vor sich hergeschoben, während sich im Kopf eine ganze Wüste der Vorstellungen festkettete, kannte sie nicht. Die drei Sandkörnchen, die da erst lagen, wenn sie selbstbewusst auf einen möglichen Kandidaten zuging, wischte sie am nächsten Morgen aus den Augen. Dann wurde der Liebessand zusammen mit dem Schlafsand von der Fingerkuppe geschnippt.

Er rückt kurz tiefer. Diesmal ist es seine Hand, die ihn greift. Wie immer an dieser Stelle weiß sie nicht, wohin sie ihr Becken kippen soll, vor oder zurück? Stillhalten ist keine Option. Sein Schwanz hat entschieden, vermutlich hat ihm ihr Unterbewusstsein geholfen. Sie greift ihre Perle. Gleich wird es kurz weh tun. Doch der Schmerz wird ihr helfen zu bleiben. Die Schmetterlinge umschwirren seinen Schaft. Sie atmet schwer. „Mach noch mal." Das zweite Eindringen ist immer besser. Sympathisch. Parasympathisch. Beim zweiten Mal sind sie sich einig und dann fehlt nur noch der dritte Stoß. Wie der Nebel nach einer klaren Nacht. Ein unzuverlässiges Ereignis. Ihre Pussy könnte nun sein Pulsieren spüren. Ihr Darm ist in seinen Zuckungen blind dafür.

Sperrzone oder: Als es ihr Fourchette noch gab

Als du dich das erste Mal auf den Weg machtest, ahntest du nicht, dass es sich bei der Ebene, die es galt zu durchschreiten, um Auenlandschaften der Unwegsamkeiten handelte und auch wenn du all die Jahre nicht müde wurdest, es mit stetig wachsendem Interesse zu durchwandern und nach diesem ersten für immer in dir kartonierten noch ähnliche Bruchwälder und Sümpfe, so wurde deine Orientierung in Landschaften wie diesen doch nicht besser. Eine ihrer Erhebungen glich für dich der anderen, eine stete Zwischenform des verwässerten Landes zum verlandeten Gewässer fortlaufend in Gefahr zum Moor zu verkommen. Ein Boden, der dich nicht tragen wollte und obwohl du dich danach sehntest, in ihm zu versinken, ausgerechnet dies wurde nicht zugelassen. Stets spie dich der schmutzige Sumpf wieder aus. Du ließest deine Spuren in ihm zurück, er schien mehr zu nehmen als zu geben, und doch, ginge es nach dir, so gabst du einfach nicht genug. Du lauschtest der Stille und alles was dir blieb, war der Dreck unter den Nägeln und der Wille, es endlich zu begreifen.

Ein jedes Mal eilst du durch die Marsch. Die Geest dahinter konntest du noch schneller als überholt betrachten. Die unfruchtbare Zwergstrauchgesellschaft hat kein Interesse in dir wecken können. Du siehst nicht, dass die Heide allein steht, keine Kiefern, keine Buchen, immer weiter, von der Prägung in den Sander und endlich hast du die letzten Pflanzen hinter dir gelassen und die nun fruchtbare Ebene liegt bloß zu deinen Füßen und als könnten deine Sinne nicht mit deinen Füßen Schritt halten, preschst du weiter. Doch willst du nicht an deiner Blindheit vergehen, musst du dein Tempo drosseln. Durch fremde Gelände lässt es sich nicht folgenlos stürmen. Die Summe der Eindrücke betäubt das Land. Es scheint dir Adiaphorie, doch für sie ist nur ein schmaler Grat zwischen Liebe und Hass, den du im Sturm und Drang ach zu schnell verbiegst. Drum wandle mit Bedacht, es fehlt dir nicht an Zeit. Wenn du um dich blicktest, sähest du die Krater, Siet- und Hochland nicht nur in der Ferne. Vor deinen Füßen läge die gleiche Landschaft in klein, ein ebenbürtiges Abbild und doch ganz anders. Orientierung erfordert genaue Kenntnisse und wann könntest du die besser erlangen als eben jetzt auf deiner Reise. Noch das kleinste Sandkorn schreit nach deiner Aufmerksamkeit. Es ist eine narzisstische Persönlichkeit und liegt es auch im Schatten, so sehnt es sich doch danach von deinem Auge betrachtet zu werden. Darum nimm dir die Zeit und verlier dich in seiner Schönheit. Wenn du dein Herz öffnest, wird es dir ein Leichtes, sie zu erkennen und der Weg wird dir mit einem Mal ganz offenbar sein.

In ihrem Gelände hat sie im Guten zwei Wegweiser aufgestellt und da der Bruch, wie auch sonst jedes Anzeichen eines Biotops wie einer agrarischen Nutzung, fehlt, sind diese weithin sichtbar. Du weißt nicht, wohin sie weisen und auch nicht von wo, denn die Blindenschrift hast du noch nicht gelernt. Für dich bräuchte es schon ein deutlicheres Zeichen von dem Ausmaß eines weißen Kaninchens. Die Höhen und Sieten versperren deine Sicht, doch gliedern sie den Weg durch das Sumpfland, während du die Mäander stetig füllst. Dein Blick bleibt an den doppelendigen Pfeilen hängen. Ganz gleich in Gestalt stehen sie an den beiden Rändern der Marsch und wären sie nicht diese Handbreit entfernt, man könne sie für ein Paar halten. Der eine bittet dich in Kühle zu verweilen und der andere fern zu bleiben, zumindest so lang, wie du deine Aufgabe noch nicht erfüllt hast. Nur welcher ist welcher? Du bist doch nicht zum

Vergnügen hier. Erst die Arbeit! But you shouldn't care – einfach mal blau machen. Care free. Deine Sorgen hat sie vor dem großen Auftritt bereits für dich bezahlt, wenn nicht, wird sie es ganz sicher nachholen und ihre Lippen formen ein Gebet, während sie sich in Zungen windet. Doch nicht so schnell, noch ist es nicht so weit. Erst gilt es das eine vom anderen zu unterscheiden, denn natürlich ist jeder Hinweis, der dir das Betreten untersagt, unnötig, du wärst schon von ganz allein auf die Idee gekommen, diesem Befehlston nicht Folge zu leisten, schon die Neugier gebietet es. Fragte man dich, du behauptetest, du wärst deswegen hier. Du wanderst, um in die Landschaft einzutauchen, aber das stimmt entgegen deiner Überzeugung natürlich nicht, denn Wandern ist Bewegung und ginge es nur um die ersehnte Rast, du könntest dem Hinweis am anderen Ende des Sumpfes entgegengehen und am Ziel in den Himmel sehen.

Nun magst du dich fragen, ob es denn mit ein wenig mehr Zurückhaltung nicht auch getan gewesen wäre. Die Tafeln im Raum, so schön sie sind, sie sperren dir doch stets Blick und Schritt. Braucht es denn dieser wirklich zwei, da sich doch die Logik der einen aus der anderen herleiten lässt? Die Frage kann nur stellen, wer wie du kein Grau kennt. Die Evidenz hingegen lässt für das Gegenstück der Gleichung alle Möglichkeiten offen. Wenn A dann B, wenn A dann nicht B, wenn nicht A dann B, wenn nicht A dann nicht B. Ordne die Aussagen in einer Matrix! Genau wenn B dann A, genau wenn nicht B dann A, genau wenn B dann nicht A, genau wenn nicht B dann nicht A. Genau? Bikonditional oder doch mono-? Der Test der konditionalen Bedingung hat experimentell zu erfolgen. Da ist es doch einfacher, alles farbig zu markieren, verdoppelt die Trefferwahrscheinlichkeit, vorausgesetzt, man kann sehen. So einfach steht's mit den beiden Gesellen. Und doch entwickelt sich in der Natur nichts, um deine logischen Kenntnisse zu schulen. In Wahrheit ist seine Verdopplung nur ein Alleinstellungsmerkmal, denn die Einhörner mit nur einem Horn mussten alle sterben. Fehlt das Stirnbein an der rechten Stelle, verschiebt sich das Horn auf die linke und man legt sich das zweite Horn zur Stabilisierung zu. Survival of the fittest. Schon Zeus hat so Europa verführt. Wärest du nicht blind, kein Opfer der Illusion und könntest blau von rot unterscheiden, es hälfe dir noch immer nicht. Du hast zu viel Zeit im Kino verbracht. Die rote Pille existiert nicht ohne die blaue. Der dich aussperrende Wegweiser täuscht dich mit den wärmsten Farben der Erlösung, keine

Ahnung, was du gegen die Kühle hast, dass dich diese weit weniger reizt, doch ward's vergessen, du fühlst ja mit dem Kopf.

Ihr müsst euch erst genug aneinander aufreiben, damit deine zeitweilige Achromasie sich lösen kann, denn die Harmonie hat deine Sinne vernebelt, Hormondisharmonie, doch auch dir sollte bewusst sein, dass du selbst bestimmst, zu was ~~wozu~~ du elektrische Impulse verarbeitest. Ist ein Reiz ein Umami auf der Haut, hat er die Chance, es auch in deinem Herzen zu werden. Jegliche Emotion sieht von außen betrachtet nicht anders aus als Mechanik. Willst du wissen, wie tief das Kaninchenloch reicht, gilt es erst viele Male, in deinem Bett aufzuwachen. Erst ausgeschlafen kannst du tiefer in die Materie eintauchen. Wenn deine Fingerkuppen steil genug hinabragen, sodass sie die nötigen Augen besitzen, ist es an der Zeit zu fallen. Der Eingang zum Wunderland steht dir offen, aber hindurchgehen könnt ihr nur gemeinsam.

Knock, knock, Neo. Du schlägst die Augen auf und stehst allein im Wald. Du spürst den Fluss unter dir schwellen, die Amplitude sinkt, bis ein Brüllen von einer anderen Welt das Dickicht teilt und dich aus deinen Gedanken reißt. Was denkst du eigentlich all die Zeit?

Posteinwurf

Als sie den Briefkasten erblickt, grinst sie unwillkürlich. Es ist eine schiefe Emotion, der Sarkasmus bleibt ihr fast im Hals stecken und so beginnt sie ihre Erinnerungen aus sich heraus zu grinsen, vielleicht gehen sie ihr auf diese Weise verloren, denn wenn sie ehrlich ist, kann sie sie gerade gar nicht gebrauchen.

Das erste Mal als sie an einer Rosette geleckt hatte und dann langsam ihre Finger zwischen den eingespeichelten Falten versinken ließ, da hatte sie sich sehr mächtig gefühlt. Die Wände um das Loch hatten sich ganz eng um ihren Finger geschlossen und während sie ihn vor- und zurückschob, dachte sie unwillkürlich an die jungfräuliche Fotze eines Mädchens. Der Gedanke, sie zu ficken, hatte etwas in ihr in Gang gesetzt. Wie üblich wusste sie nicht genau, ob sie erregt war, aber sie konnte sich gut vorstellen, dass ihre eigene Pussy jetzt klatschnass sein dürfte. Kopf und Schoß. Zwei Welten. Die Kommunikation zwischen ihren beiden Lippenpaaren hingegen funktionierte erstklassig, wie bei einem Pantoffeltierchen, die konnten auch viel klarer denken, weil bei ihnen kein Gehirn vorgeschaltet war. Nun noch ein paar Mal tief in den Bauch geatmet.

Atem rein – Becken vor. Atem raus – Becken zurück. Und schon war ihre Vorstellung Gewissheit.

Gedankenverloren greift sie in ihre Tasche und holt einige Briefe daraus hervor, da kommt eine junge Frau mit Hund vorbei, Lucky heißt er, erfährt sie, als er geschimpft wird. Sogleich startet Kylies Stimme in ihrem Kopf ihre fröhliche Melodie, da legt sich der Ton der Fremden darüber: „Oh, Briefe, die schreibt doch heute keiner mehr."

Sie blickt um sich, doch da sind nur zwei Menschen nebst einem Hund in dieser Straße und so entgegnet sie allein aus Höflichkeit: „Stimmt, nur zu besonderen Anlässen" und kommt gar nicht dazu ihre Gedanken näher auszuführen, da wird sie schon wieder unterbrochen.

„Männer, alles Schweine, bestrafen sollte man die. Sexentzug. Und ich Dumme hab ihn gestern auch noch ran gelassen." Erst jetzt sieht sie, wie strähnig das Haar der Anderen ist, der Ansatz herausgewachsen, im Zopf alles eine Länge. Selbst aus ihrer Perspektive ist das ein etwas zu schneller Aufstieg auf der Leiter der Intimität. Die Frau schimpft wieder mit dem Hund, spricht mit ihm wie mit einem Kind in Wenn-Dann-Sätzen, erklärt sich weiter, sie hat gar keine Wahl und muss sich ihre

Geschichte anhören. Unentwegte Rede und sie kann nicht weghören. Sie hingegen können umblättern, Sie haben's gut.

Gestern Sex? Das waren Probleme, die sie nur allzu gern gehabt hätte, aber wissen wollte sie es in Bezug auf diese Frau dann doch nicht. Überhaupt lieber eine Weile gar keinen Sex als Sex mit einem Menschen, für den Sexentzug nicht in erster Linie Selbstbestrafung war.

Sie wirft die Briefe in den Postkasten. Es sind so viele, dass sie mehrmals in die Tasche greifen muss, so viele und doch sind die Adressaten auserlesen. Das Papier fühlt sich teuer an zwischen ihren Fingern, selbst jetzt, wo sie sie nur hält, kann sie die Prägung unter den Kuppen spüren. Es war eine gute Wahl, nicht zu verspielt, nicht zu klassisch, mattes Ecru, gefüttert. Den Blick zu ihrer Tasche gesenkt, hält sie die gelbe Klappe nach oben, was ihn und die Briefe im Inneren verschwinden lässt. Zu welchen Gedanken der Sticker die anderen Postkunden an diesem Morgen wohl verleiten wird? Es war ein schöner Anus, der auf dem Foto abgebildet war, ein Arschloch wie von einem Pornosternchen. Vielleicht sogar gebleicht. Sie senkt die Verdeckung des Schlitzes, wirft noch einmal einen Blick darauf, hofft, dass er noch eine Weile da kleben bleiben wird. Auch wenn die Rentner das sicher ungehörig finden, so einen Anus in der Öffentlichkeit.

Ihr erster Umschnalldildo stand ihr gut. Sie verstand augenblicklich, dass der Blick auf die Welt ein anderer sein musste, hatte man regelmäßig so einen Ständer zwischen den Beinen.

Nur als es dann ernst wurde, schien er ihr auf einmal so gar nicht mehr zu passen. Ob man die Praxis als Mann auch so anstrengend fand? Oder war es da nicht so extrem, weil in dem Tun auch immer ein Lustgewinn stattfand? Doch auch das Stoßen will gelernt werden. Sie alle rammeln auf einer Frau herum, als sei es das Natürlichste der Welt, je kleiner, umso kaninchenhafter. Nur die großen Dinge bekommt sie mit dem gehörigen Abstand serviert. Und so schreite auch du mit deiner Verantwortung voller Respekt zur Tat und führe ihn in Versuchung und erlöse ihn von seinem Druck, denn dein ist das Wissen und die Empathie und die Erfahrung von so vielen schlechten bis mittelprächtigen Nächten. Dass nur kein Schweigen folge. Diesen Druck hat er zumindest nicht, er geht jungfräulich zu seinem ersten Mal, Standing Ovations kann er nicht erwarten. Und so bereitet sie ihn vor, länger als es ihr vernünftig scheint, weil sie es selbst gar nicht so bräuchte, doch kein Schwanz ist ein Ponyhof. Nie hat sie etwas so Langweiliges mit einer solchen Liebe und Hingabe getan. Den Schmerz ignorieren, doch ihr Wille ist gebrochen, nur durchhalten, sie weiß es ist nur Einbildung, in Wahrheit wird ihr Finger nicht taub. Dann kann es losgehen. Endlich. An Frauen denkt sie schon lange nicht mehr. Auf ins unbekannte Land. Es ist ein Land ohne Lust. Sie ist nun ganz Schwanz. Nicht mehr als eine Attrappe. Auf einmal ist alles unecht, wie im OP sieht sie sich selbst, sieht auf sich herab, ein unnützes Anhängsel an dem Plastikschwanz, der beständig in den Anus dringt. Er wollte auf alle Viere, er wollte dominiert werden. Der Effekt ist geringer, doch der Sub hat stets das Sagen. Wenn sie ihn wirklich gerade dominiert und der Dildo dominiert sie, dann weiß sie, warum das Ganze ein Fetisch ist. Sie hat die Macht vollständig an ihn abgegeben. Auf seine Hände und Schenkel achtend wird sie allmählich mutiger, stößt fester und variiert den Rhythmus. Beschäftigungstherapie während des Wartens auf das Stoppsignal. Beim Lecken, das hat ihr mal einer erzählt, kann auch einen Mann die Langeweile überfallen. Oder sie reibt ihn halt doch noch mal. Warum sollte sie die Einzige sein, die im eigenen Saft ertrinkt? Erschöpft sinkt sie neben ihn und weiß, dass sie heute keine Befriedigung finden wird.

So empfängt er sie nun jeden Freitag. Und dazwischen empfängt er sie gar nicht. Auf allen Vieren hockt er auf dem Bett. Die Beine sind gespreizt, der Po zeigt zur Tür und ist so das Erste, was sie nach der Arbeit begrüßt. Ihre Langeweile spürt er so nicht, die geht völlig in seinem Stöhnen unter. Ihr fehlt so viel in den zwei Stunden Nichtbefriedigung und auch den Rest der Woche ist keine Nähe greifbar. Wie sich sein Schwanz in ihr anfühlt, das Zucken ihres eigenen Pos, ist schon nur noch eine vage Erinnerung.

Aber bald ist es so weit, bald wird sie ihn heiraten und in der Hochzeitsnacht wird er in sie dringen, dann wird es erlaubt sein, zwischen ihre Lippen zu stoßen.

   Sie werden von vorn beginnen. Es wird sein erstes Mal sein und sie wird weiter schweigen, wie viele ihm zuvor kamen. Ab dann wird alles anders.

Stadtporträt

Das Porträt ihrer Stadt besteht aus viel Weiß in einem Rahmen. Gab es doch schon, wirst du jetzt denken, aber so ist es nicht, denn ihr Bild ist ganz und gar gegenständlich. Sorgsam hat sie mit einem winzigen Pinsel die weiße Leinwand mit weißen Strichen bedeckt. Nur im Zentrum sitzen einsam, ein jeder von dem anderen getrennt, zwei farbige Punkte. Sie sind gerade so groß wie ihr Pinsel breit und man muss sehr nah an das Bild herantreten, um die beiden überhaupt zu sehen und sein unmittelbares Gefühl beim Betrachten, dass da etwas nicht stimmt und die homogene Langeweile trübt, mit Tatsachen zu belegen. Die beiden Punkte sind durch ein Dickicht an weißen Strichen voneinander separiert, wodurch keiner der beiden sich wahrlich im Mittelpunkt befindet, denn das Zentrum bilden die weißen Striche. Die Punkte entstanden durch ziemlich genau die gleiche Masse an Farbe, einmal dunkelblau, zum anderen ockergold, was wie bereits ihre Existenz überhaupt zweifelsfrei von einer außerordentlichen Bedeutung ist.

„Dies ist meine Arbeit, dies ist mein Leben", pflegt die Künstlerin zu sagen. Nur die Liebe ist es nicht, oder vielleicht doch? Sie weiß nicht, wann es genug ist. Schon seit Jahren die immer gleiche Frage und aktuell nicht einmal eine Veranlassung, sie zu lösen. Ganz sicher aber ist es kein Sex, denn den habe ich der Aufmerksamkeit wegen beim Schreiben nur zwischen die Zeichen gestreut.

Noch ist ihr Bild nicht vollendet. Sie tunkt ihren Pinsel in das nur knapp über den Boden gefüllte Becherchen, benetzt die Borsten mit Sperma, setzt ihn gemach auf die Leinwand und malt so noch mehr weiße Striche.

Als Anna neulich weinte

Irgendwann im letzten Jahr hatte Anna, ganz ohne es selbst zu bemerken, aufgehört zu lächeln. Doch eines Tages, es war just der heutige, ward ihr schwer ums Herz. Ein dicker Kloß bildete sich in ihrem Hals und sie hätte gern weinen mögen, ohne den Grund benennen zu können. Das Wasser wollte ihr schon in die Augen steigen, doch im letzten Moment bemerkte sie, dass da keiner war, der ihre Tränen hätte bemerken können. Sie musste an den Baum denken, der in der menschenleeren Landschaft vielleicht gar kein Geräusch macht, wenn er nach dem Fall auftrifft. Und da Anna ein Mensch war und im Gegensatz zum Baum bestimmen konnte, wann sie fiel, schluckte sie ihre Traurigkeit mit einem Spuckeknoten hinab.

Carbonbetonherz

Als wir uns kennen lernten, zögertest du nicht zu betonen, wie wichtig dir Treue ist. Bald darauf sollte ich erfahren, dass du damit etwas meintest, was ich Jahre später Exklusivität nennen würde und ich glaube, ich habe mir damals gar keine Gedanken gemacht, dass dies nicht die einzige Bedeutung des Wortes ist. Ich hab das Teekesselchen einfach so zwischen uns stehen lassen. Was sollte ich damit? Meinen Tee brühte ich damals noch ausschließlich in der Tasse.

Du warst, wie so viele, die Treue überbetonen, in deiner letzten Beziehung betrogen worden. Sie und du, das war für die Ewigkeit gedacht. Das war die größte Liebe, die es geben konnte, glaubtest du zumindest. Ihr wart zwei Wochen zusammen, als sie dich entjungferte und als daraus drei Wochen wurden, nahm sie dein Herz von der Kette an ihrem Anhänger. Sie nahm es und fickte es und auch ihn, dessen Name ich heute nicht mal mehr erinnere. Wie sollte ich auch? Ich war nicht dieses Mädchen.

Ich war ein bisschen länger mit dir zusammen, insgesamt, aber auch, bis ich begann, meine eigene Definition deiner Treue zu leben. Als seine Lippen sich erstmals vorsichtig gegen die meinen pressten, war das einfach nur schön. Seine Hand in meinem Höschen machte mir dagegen bis zum nächsten Morgen ein schlechtes Gewissen, bis zu dem Zeitpunkt, da meine Mutter mich über ihr Brötchen hinweg fragte, wie der Film gewesen war, den ich mit ihm gesehen hatte. In dem Moment, in dem ich mit einem knappen Gut antwortete, beschloss ich, dass es keinen Grund für meine Bedenken gab, ich hatte einen schönen Abend gehabt und es gab keine Minute, die ich nicht genossen hätte. Als wir am Abend telefonierten, hatte ich längst vergessen, dass ich an der besten Ordnung, in der unsere Beziehung sich mir zeigte, je gezweifelt hatte.

Ich blieb an deiner Seite, ich war für dich da, ich verteidigte dich und ich log für dich, wann immer du es von mir erwartetest. Ewigkeiten konnten wir am Telefon über die utopischen Gedanken deiner Freunde diskutieren, dass mein bester Freund und ich … Also nein, der Gedanke war zu absurd, fandest zumindest du und wer war ich denn, dir da nicht zuzustimmen. Ich lag auf dem Boden, die Beine streckte ich steil gegen unsere Küchenzeile, meine linke Hand umschloss den Hörer, die rechte spielte mit dem Lederband, an dem ein filigranes Herz aus Carbonbeton hing. Die Schnur schob ich nervös über mein Schlüsselbein, hin und zurück, während du redetest und ich mich in der Fantasie verlor, er und ich, wir beide könnten uns auch auf die Weise nah sein, wie du es mir warst. Als ich es mir vorstellte, konnte ich die behauptete Utopie darin nicht finden. Die Welt kannte Normen, die Nachbarn hatten Regeln, doch mein Kopf war frei von beiden. „Wir sind nur Freunde, da würde nie etwas passieren", sprach ich mit fester Stimme in den Hörer. Er und ich? Zu heiter!

Wir waren Kumpel und ich sah ihn fast so oft wie dich. Er kannte meine Sorgen, meine Träume, meine Wünsche. Ich kannte die seinen. Wir sprachen über uns und dich und er achtete dein Glück. Egal, was war, wir waren für den anderen da.

Ich habe mir so vieles vorgestellt und schließlich euch einander. Ihr beide mochtet Fußball, ihr mochtet unterschiedliche Vereine und ich interessierte mich mehr für die Stimmung im Stadion, für die Emotionen der Menschen um mich, ganz gleich in welchem Fanblock wir standen. Ich genoss die Vielfalt und die kleinen Unterschiede, die sich daraus ergaben.

Wir gingen zu dritt aufs Volksfest. Ich lief zwischen euch und du nahmst meine Hand, ganz selbstverständlich, weil ich zu dir gehörte. Gern hätte ich seine Hand genommen, ganz selbstverständlich, auch wenn er nicht zu mir gehörte, zu mir gehörte nur ich, doch unsere Hände hatten sich schon so oft gestreift und schließlich wäre ich mit meiner Sandkastenfreundin genauso Hand in Hand über den Rummel gegangen. Ihn nicht an der Hand zu fassen, fühlte sich viel falscher an, als es zu tun. Doch als meine Fingerbeeren die Rücken seiner Finger berührten, schreckte er zurück, als sei ich die Eisprinzessin persönlich. Ich war nur ein Mädchen, was gern rebellierte.

Begegnungen klatschten in der Kleinstadt wie ein Platzregen lautstark auf die Pflastersteine. Wuchs das Moos zwischen ihnen einmal schneller als der Hauseigentümer es entfernte, konnte es die Tropfen dennoch nur temporär aufsaugen. Wie gern es auch durch sie gewachsen wäre, schon am nächsten Samstag wurde dem ein Ende gestzt und die Gerüchte mit seinen Wurzeln aus der Spalte gezerrt. Pflanze um Pflanze zur Beschäftigung des von Langeweile erfüllten Weibes.

Wenn er wüsste oder noch schlimmer, wenn du wüsstest, dass wir uns in meiner Fantasie nicht nur an den Händen berührten, sondern mit diesen so viel mehr. Zu zweit und auch zu dritt. Wie oft hab ich mir vorgestellt, wie er wohl nackt aussiehst. Ich glaube es sehr genau zu wissen und wer sollte mich denn auch berichtigen.

Mein Herz entspricht den Anforderungen des Lebens ganzheitlich. Es ist mir angehaftet und ich genieße den Umgang mit ihm. Ganz dicht habe ich es mit Liebe gefüllt. In ihm bekommt sie das beste Klima, was mir möglich ist, ganz gleich wie reich, ich gebe ihr stets Raum zum Atmen. In ihm kann sie nicht bedroht werden, sie haust geschützt vor Hass, Anfeindungen und gesellschaftlichem Druck. Sie ist geschützt, bis ich sie verteile und auf diese Weise vermehre. Ich weiß, mein Herz hat noch viele Verwandte da draußen. Und täglich werden es mehr.

Unsere Liebe starb an unseren Unterschieden. Jahre später habe ich dich längst aus meiner Welt entfernt. Nur dann und wann halten wir uns auf dem Laufendem, wie unsere Leben verlaufen. Ich kann noch immer prima für dich lügen. Dass ich keine Familie habe, verstehst du so wenig, wie du es verstehen würdest, dass ich Treue anders definiere und so rede ich mit dir anders. Für dich sag ich gern, dass ich den einen suche und verschweige, dass der andere mir auch recht wichtig wäre. Unserer eigenen Auffassung sind wir zumindest treu geblieben, sonst haben wir, so glaube ich, nicht mehr viel gemeinsam.

Auch von ihm höre ich manchmal Monate nichts. Wir haben ein jeder ein eigenes Leben. Ab und zu brechen wir daraus aus, brechen ein ins Leben des anderen. Während wir alte Geschichten austauschen, halten wir die Hand des anderen. Unsere Finger tasten sich dem eigenen Ich im anderen entgegen. Da ist immer ein Stück Leben im Leib des anderen, so viel teilten wir, dass es immer da sein wird.
Er war der erste Mann, der mich leckte, in meinen Gedanken, du hieltst mich dabei in deinem Arm, in meinen Gedanken. Er war der Erste, der mich überall leckte, lange bevor es anderen in den Sinn kam. Vergleiche sind Gift, doch ich bin nur verfrüht und dich hielt ich heilig, bis ich ging. Von ihm werde ich hoffentlich nie gehen, jetzt, da wir das Körperliche überwunden habe. Wie schön wäre es gewesen und wie schädlich. Heute sitzen wir hier frei und können darüber lachen, dass wir es nie getan haben. Was einst Misere war, ist heute Glück.

Wenn du das jetzt lesen würdest, frage ich mich, würdest du abermals unsicher werden oder könntest du wie wir Erdachtes wie Reales im Raum stehen lassen. Was fließt in deinen Adern? Blut oder Wasser? Unsere Nächte zu dritt, ich fand sie berauschend, ich war in ihnen ganz bei mir. Keine Zwänge, es war nur das, was wir teilten.

Heute gibt es keine Nachbarn mehr, die an meinem Liebesleben Interesse hegen, solang sie nicht Teil davon sind. Die Großstadt schluckt die Begegnungen bis zum letzten Tropfen, der anonym über den Gehsteig rinnt. Er versickert im reichen Moos zwischen den Platten.

Nachdem ich von dir gegangen war, sollte die Geschichte ihr Versprechen einlösen, sich zu wiederholen. Weltliebe, sie passierte wieder und wieder. Ich wusste nie, was ist es, wenn eine Freundschaft so innig ist, dass sie gleich zählt wie Liebe. Ein ums andere Mal ist mir eine Liebe passiert und die bestehende blieb davon in ihrer Intensität unbeeinflusst. Ich habe ihnen scheidende Namen gegeben, denn die Literatur repetiert nicht gern.

Dann datete ich die Realität. Bei einem Kaffee warf sie das Wort in den Raum, es hatte ja bereits zwischen uns gestanden, doch so wie sie es nutzte, war es jetzt das meine. Das Wort war kein schönes, denn an ihm haften mehr Vorurteile als Buchstaben. Irgendwem wird man die Schuld dafür schon geben können. Wegen des Wortes von Seite zweiundzwanzig kauft keiner dieses Buch – was für ein Unfug – es zeigt zu viel Haut und macht deshalb viele neugierig, aber fast genau so vielen Angst, selbst denen, die es sind, doch ich habe es für mich akzeptiert und es hat keine acht Monate gedauert, bis ich mich damit identifizierte. Ich liebe Menschen, ich liebe verbindlich und ich achte das Leben. Das Wort ist nun ein schönes. Es befreit mich von Lügen.

Ein wenig Mühe nur

Sie saßen zusammen am Tisch, vor sich eine jede ihre Tasse Malzkaffee. Der Richtige regte das Herz der Alten zu sehr auf und die Junge mochte den strengen Geschmack nicht.

„Ach Oma, ich weiß einfach nicht, wie ich mich entscheiden soll. Wenn das mit den Männern nur nicht immer so kompliziert wäre."

Es entstand ein kurzer Moment des Schweigens. Inge war das Thema ein bisschen peinlich, doch ihrer Enkelin machte es nichts aus. Sie schüttete der Großmutter gern ihr Herz aus.

„Der Ole ist so ein lieber Kerl und was der alles schon gelesen hat. Mit dem kann man ganze Nächte durchquatschen und es wird nie langweilig. Aber ich will ja nicht die ganze Nacht nur quatschen. Irgendwie bin ich da ja fast ein wenig sapiosexuell. Das ganze Reden macht mich manchmal richtig geil. Ich saugte ihm all die klugen Worte dann in meinem Hunger am liebsten aus dem Mund."

Oder woanders raus, dachte sie, das sagte man seiner Oma jedoch nicht.

„Aber wenn wir dann im Bett liegen, das ist so langweilig. Ich versuch ihm ja zu sagen, wie ich es gern hätte, aber umsetzen kann er es dann trotzdem nicht. Ich kann einfach keinen Typen zu meinem Freund machen, wenn mein Kitzler sich beim ersten Streicheln völlig inert verhält. Gibt's ja oft. Diese Typen, die einfach keine Ahnung haben und auch gar nicht haben wollen. Die lesen auch gar nichts über Sex, schauen ihre Pornofilme und denken, das wären große Bildungswerke und dann lecken sie dich nach Anleitung, also so, dass der Mund die Haut gar nicht berührt und denken, das gehöre sich so. Dass das nur von außen gut aussieht, haben sie sich nie überlegt. Ich glaub ja nicht, dass der Ole so einer ist, so ein Pornofixierter, der ergoogelt seine Kreativität nicht. Aber das mit meinem Kitzler, das geht nicht.

Ich hatte noch nie nen Freund, der mich nicht beim ersten Sex zumindest ansatzweise zum Orgasmus gestreichelt hätte ..."

Orgasmus? Die Gedanken der alten Frau schweiften ab. Das gab es also wirklich? Oder hatte ihre Enkelin nicht selbst zu viele von diesen Pornofilmen gesehen, von denen sie da sprach?

Inge war vierundachtzig, aber einen Orgasmus hatte sie nie gehabt. Als sie ihren ersten Mann kennen gelernt hatte, da waren sie beide noch so jung gewesen. In einem Land, das die Sexualität ihrer Bewohner zensierte, gab es keine Informationen, noch nicht mal für jene, die anders als Inge Interesse für dieses Thema hegten. Sie waren jungfräulich in die Beziehung getappt. Fünf Monate zieren, dann der erste Kuss. Und dann hatte sie ihn irgendwann zum ersten Mal gesehen. Was war so ein Pillermann hässlich, vom Sack ganz zu schweigen, all die Falten und Runzel, mit denen er da zwischen ihren Beinen herumstocherte. Es dauerte ewig, bis er das Loch fand, denn da, wo er es vermutet hatte, war gar kein Loch und sie hatte eigentlich nie darüber nachgedacht, wo genau ihr Loch nun war. Auf einmal war da dieser kurze Schmerz und dann war es eigentlich schon vorbei. Lust hatte es da nie gegeben, schließlich hieß es eheliche Pflicht, das kam doch nicht ohne Grund. Jeden Sonntagvormittag, zehn Uhr. Dann war es erledigt und sie konnte sich wieder für eine Woche dem Haushalt und den Kindern widmen. Wie nannte man so ein Denken doch gleich? Die Appetitlosigkeit auf diese ewige männliche Potenz?

Mit fragendem Blick sah das Mädchen sie an.

„Omi, wo bist du denn mit deinen Gedanken? Ob ich es nicht vielleicht doch mit ihm versuchen soll, hab ich gefragt. Vielleicht lernt er es ja noch, mit meinem Körper umzugehen. Vielleicht braucht es nur Zeit."

„Nein, nein, auf gar keinen Fall darfst du deine Bedürfnisse hinten anstellen. Und wenn das mit dem Orgasmus für dich wichtig ist, musst du auch danach streben, dass es erfüllt wird. Du wirst nicht appetenzneutral, mein Kind."

Wehmütig dachte sie an die letzten drei Jahre ihrer Ehe, nachdem sie von der Affäre ihres Mannes erfahren hatte und er die Scheidung wollte. Aber die Kinder sollten doch in einer intakten Familie aufwachsen können. Wenn er die Hure wollte, so würde sie ihm die Hure geben und so nahm sie all ihren Mut und all die Fantasie, die sie hatte, zusammen und gab sich in einem letzten Akt stöhnend und schreiend ihm hin. Sie verdrehte die Augen und versteifte die Glieder, das hatte sie Wochen zuvor in einer Dokumentation über afrikanische Kulte gesehen. Sie zeigte ihm schon, dass er seinen Fetisch auch mit ihr leben konnte. Drei Jahre ging dieses Spiel, drei Jahre war er damit zufrieden. Und sie hatte noch drei weitere Jahre der heimeligen Atmosphäre, auch wenn sie die Sonntagvormittage nun mehr denn je verabscheute.

„Und vor allem", fuhr sie fort und in ihrer Stimme schwang eine explosive Gefühlsmischung aus Wut und Trauer mit, „lass dir nie einreden, dass du dir nur mehr Mühe geben musst, damit deine Sexualität der deines Partners gleicht, wenn sie dich doch so, wie sie ist, glücklich macht."

Denn das hatte er nach einer Weile am Stammtisch behauptet, dass sie, die doch eigentlich zum Orgasmus fähig war, nur zu faul gewesen war und sich all die Jahre nicht genug Mühe gegeben hatte, ihn beim Sex mit ihm zu erreichen. Da hatte sie gewusst, dass es zu Ende war.

Hat wer angerufen?

Könnte ich frei wählen, ich meine, konsequenzenfrei handeln, einfach mal für die nächste halbe Stunde oder – seien wir realistisch – für die nächsten zwei, müsste ich mich hier nicht um Gäste kümmern oder auch nicht kümmern, weil die gar nicht wollen, dass man sich ihnen widmet, sind sie erst einmal ausreichend informiert, dann wäre ich jetzt nicht hier, das kannst du mir glauben. Sag, hat wer angerufen?

Ach, was mach ich mir vor, natürlich wäre ich hier, denn du bist es ja auch, aber dann säße ich jetzt nicht so gedankenverloren hier und starrte dich von meinem Stuhl aus an.

Dann würde ich dich lieber besamen. Gut schaust du aus, so wie jeden Tag. Hat wer angerufen? Wenn dein Haar wie heute ein wenig zerzauster ist, mag ich dich besonders. Mach es mir, mein Engel, alles muss raus. Spermaausverkauf.

Alles auf und in dir verteilen, erst würd ich dich ficken, um tief in dir zu verbleiben. Und während dir die Reste noch aus der feuchten Pussy laufen, bliesest du meinen Schwanz und dann, kurz bevor es mir noch einmal kommt, zöge ich ihn raus und verteilte meinen Saft auf deinen Lippen und den Brüsten. Ärgere dich nicht, du bist so schön. So schön, wenn dir mein Samen vom Kinn auf den Busen tropft, genau zwischen die kleinen, runden Brüste, wie gern ich sie saugte, umso schöner.

Und nun kommst du doch tatsächlich auf mich zu, bleibst vor mir stehen, streckst die Hand zu mir aus, beugst dich mir entgegen. Oh, diese Brüste. Und auch wenn du von mir fortgehst, hat das sein Gutes. Dein niedlicher Arsch. Ich gaffe ihn an, ich kann mir das erlauben, denn ich weiß, du wirst wegen so einer Lappalie nicht verstimmt reagieren.

Hat wer angerufen? Mit einem Mal steht ein Tablett vor mir. Wie ist denn das jetzt dahin gekommen? Hab ich gar nicht mitbekommen, so perfekt hast du mich abgelenkt.

Ich schau dir nach, meine kleine Fickfreundin, die du so viele kluge Dinge denkst und kommunizierst, Wahrheit mit der Nadel injizierst, rezitierst und diskutierst, reflektierst, mich in Frage stellst. Frage? Moment, da war doch was: Hat wer angerufen? Wie du gegen den nächsten Shitstorm protestierst, in jedem Fall die Menschheit inspirierst und die Welt so zu einem besseren Ort machst. Noch besser kannst du nur mit meinem steifen Schwanz und meinen prallen Eiern umgehen, dein wunderschöner

Kopf, durchdrungen von Gefühlen und Bildern, die Zahlen und Figuren längst hinter dir gelassen. Du, Magistratin philosophierst und anthropologisierst dich durch deinen Alltag.

Dank dir weiß ich, ich bin nicht allein, du hast so viele neben mir, doch ich weiß nicht, was du an ihnen findest, alles alte Säcke und dennoch ziehst du sie jeden Tag aus. Dabei passten wir beide doch auch vom Alter her viel besser zueinander und manchmal frag ich mich: Hat wer angerufen? Und dann ob du an mich denkst oder doch zumindest an meinen Schwanz, der dich beseelt und zuckend in deinem heißen Fleisch verweilt. Erkennst du dich in meinem Zucken? Mir zittert schon die Hand. Das kann nur an deiner Schönheit liegen.

Ich strecke sie zitternd nach vorn, strecke mich in meinem eigenen Tempo, nehme mir einen Keks, denn Küsse gibt es heute keine, dafür das nächste Mal zahllos viele, da bin ich mir sicher. Wir müssen nur allein sein, dann nimmst du mich an die Hand und wir gehen gemeinsam zu Bett.

Ich klapse dir auf den Arsch, als du das nächste Mal vorbeigehst, mir tut das gut und einer Dame hat es noch nie geschadet. Du aber scheinst mein Vorhaben vorausgeahnt zu haben und weichst meiner Hand aus, ich sag es ja, cleveres, kleines Ding, was du bist.

„Hat wer angerufen?", frag ich dich.

„Nein, heute nicht."

„Das ist gut, keine Anrufe ist gut."

Du hältst mir einen kleinen Verschluss hin, wartest, ob ich auch alles schlucke, das zeigt doch, dass du mich lieber hast als all die Alten. Ich traue den Tabletten nicht, auch nicht, wenn du sie mir gibst, doch du duldest keinen Widerspruch und so lasse ich nichts über. Du reichst mir den Becher. Ich bleibe hier sitzen und warte auf den nächsten Gast, der meine Hilfe braucht, warte, dass das Telefon klingelt und dann warte ich auf den Feierabend.

Mir gelüstet nach dir, doch zum Glück siehst du das nicht, denn in meiner Hose richtet sich neuerdings nichts mehr auf.

„Das sind die Gefäße", sagt der Arzt, „in Ihrem Alter ist das völlig normal, wie alt sind Sie jetzt?"

„Sechsunddreißig", antworte ich klar und deutlich.

Der Arzt betrachtet mich skeptisch.

Die Kugelbahn

Er hatte nie bei einem Preisausschreiben gewonnen, was nicht verwunderlich war, vermied er es doch, nachdem er das Kreuzworträtsel jeden Sonntag bis auf wenige Felder vollständig löste und das Kennwort fein säuberlich in den Gewinnspielcoupon übertrug, das Adressfeld mit seiner Anschrift zu füllen. Über das Absenden der Karte hatte er niemals nachgedacht. Zu kostbar schienen ihm seine Daten, zu gering die Wahrscheinlichkeit je einen der Preise zu erhalten. Er war kein Kunde eines Versandhauses und hatte keine Verwandtschaft außerhalb des kleinen Küstenstädtchens. Sein Postkasten sah für gewöhnlich nur die üblichen Rechnungen, Werbesendungen und abonnierten Zeitungen. Umso verwunderter war er, als der Postbote mit einem großen Karton beladen an diesem Vormittag bei ihm klingelte. Sollte er diesen für seine Nachbarn entgegennehmen? Frau Schmidt war wie so viele der jungen Leute wie besessen von diesem Online-Shopping und so verging keine Woche, da das große gelbe Auto nicht vor ihrer Tür Halt machte. Für gewöhnlich verließ sie darum an den Vormittagen jedoch auch nie das Haus. Dieses Paket im Arm des Boten war jedoch ausdrücklich an ihn adressiert. Beim Klingeln leerte er den letzten Schluck Milch aus dem Glas und stellte die fast volle Tüte ins obere Fach des Kühlschranks zu dem frischen Brot. Dann eilte er zur Tür, dass man nicht länger warte.

Argwöhnisch begutachtete er den großen braunen Karton auf dem Küchentisch, dann griff er voller Vorfreude, ein Schmunzeln im Gesicht, zum Küchenmesser, um das Paketband zu durchtrennen. Auch als er den Karton ausgepackt hatte, vermochte er nicht zu sagen, was in ihm gewesen war. Es handelte sich um ein metallenes Gestell mit diversen Biegungen und Windungen. Am oberen Ende war eine große Kugel angebracht, ganz unten befand sich eine größere Schale. Die Kugel war durch ein schillerndes Blättchen von dem Metallgestell getrennt. So weit, so gut. Aber was war es? Handelte es sich um ein technisches Gerät? Wenn ja, was war dann sein Zweck? Oder war es Kunst? Er schaute noch einmal in den Karton, suchte nach einer Bedienungsanleitung oder einem Zertifikat und schließlich fand er eine Karte: ‚Überlege gut, wann du das Blättchen ziehst. Einmal gefällte Entscheidungen lassen sich nicht wieder rückgängig machen.' Er drehte die Karte, als erwarte er auf der Rückseite den gleichen Spruch noch einmal in Englisch zu finden, so sehr erinnerte ihn dieser unverständliche Nonsens an einen Glückskeksspruch. Doch die Rückseite war weiß, kein Absender und kein sonstiger Hinweis.

Er setzte sich und betrachtete die Apparatur näher. Für seinen Geschmack war das Gestell viel zu verschlungen, er konnte sich beim besten Willen nicht vorstellen, dass es sich um Kunst handele. Die Schale war in ihrer Position fest und auch der Behälter mit den Kugeln ließ sich nicht abnehmen. Das Blättchen jedoch schillerte in einem Perlmutt, in dem sich sämtliche Farben des Regenbogens brachen. Allein dieses Blättchen, ja das wäre Kunst! Er streckte die Hand danach aus, wollte es näher betrachten. Da kam ihm die Karte wieder in den Sinn. Ich ziehe es nur kurz heraus, nur einmal will ich es halten, danach stecke ich es an seinen Platz zurück, wo soll das Problem sein? So dachte er für sich. Zögerlich streckte er den Arm weiter nach vorn. Die Schönheit des Blättchens zog seine Finger magisch an. Die bunten Farben umnebelten seinen Geist, schon war der gute Rat vergessen. Er zog an dem Blättchen und führte es näher an seine Augen. Je näher es seinen Augen kam, umso bunter wurden die Farben, so bunt, dass es ihm begann zu schwindeln. Da glitt ihm das Blättchen aus der Hand und zerschellte auf dem Boden in tausende Splitter, die mit ihrem Aufprall jegliche Ästhetik verloren hatten. Welch Schreck! Er wollte die Öffnung mit seiner Hand verdecken, doch es gelang ihm nicht. Ein unsichtbares Kraftfeld stieß seinen Arm zurück. Ungläubig betrachtete er seinen Arm, fühlte den heftigen Schmerz des Stoßes. Er rieb ihn in der Hoffnung, der Schmerz verginge.

Indessen, von ihm unbemerkt, war die erste Kugel am Boden der Bahn angelangt. Mit einem leisen Klacken landete sie in der Schale. Ihr Auftreffen entließ schon die nächste aus dem ehemals verschlossenen Gefäß am oberen Ende. Sie wand sich die Bahn entlang, langsam nahm sie die ersten beiden Kurven. Geschmeidig glitt sie nach unten. Klack – da landete sie auch schon in der Schale. Die nächste Kugel nahm Fahrt auf, sie rollte ihren Weg entlang, verfolgt von seinen Augen. Und schneller und schneller, so schien es ihm, rollten die Kugeln zu Boden. Fasziniert beobachtete er sie, als könnte sein Blick sie zwingen die vorgefertigte Bahn zu verlassen.

Es wurde dunkel und wieder hell, er merkte nichts davon, verspürte weder Durst noch Hunger noch Müdigkeit. Eine Abkürzung, einen Umweg, einen

Weg außerhalb der Bahn nehmen, nur welchen? Er bedachte die Optionen, doch ihm kam keine Idee, wie sollten sie ausbrechen aus ihrem immerwährenden, festgeschriebenen Lauf? Fast schon hatte sich die Schale über seinen Überlegungen gefüllt. Man müsste ausbrechen! Die Verzweiflung stand ihm auf die Stirn geschrieben. Wie wäre es, entgegen dem Strom zu rollen und die Erdanziehung umzukehren? Umdrehen konnte er die Apparatur nicht. Abermals streckte er im Versuch die Hand nach ihr aus und wurde je zurückgestoßen. Mit schmerzverkrampftem Gesicht starrte er sie an. Es musste doch etwas geben, was er tun konnte. Vielleicht die Kugeln mit einem Magneten umleiten? Einem sehr starken? Doch da hatte er keinen. Am Ende war in ihnen vielleicht noch nicht einmal Eisen enthalten. Er saß da und grübelte, während die Kugeln den ihnen bestimmten, unabänderlichen Weg hinab rollten. Mit einem letzten Klack stand die Bahn still. Die Kugeln aus dem Behälter waren aufgebraucht.

Da stand der alte Mann auf und schüttelte kaum merklich den Kopf. Mit einem Mal überkam ihn der Hunger. Er wollte sich ein Brot machen. Das Brot war schimmelig. Er goss sich ein Glas Milch ein. Die Milch war sauer. Da ging er hungrig zu Bett.

Am nächsten Morgen erinnerte er sich an etwas, das er glaubte längst vergessen zu haben. Als er klein war, baute er gern mit alten Gardinenschienen hohe Rollerbahnen für seine Eisenkugeln aus alten Kugellagern. Manchmal mit kleinen Sprungschanzen wechselnd von einer Schiene zur anderen oder so, dass die Kugeln Hindernisse umwarfen. Dann stießen sie zusammen und fielen von ihren Schienen. Das ansteigende Rolltempo ließ die Geräuschkulisse immer wieder kurz anwachsen. So groß war die Bahn nicht, doch das Zimmer reichte nicht aus.

Er blickte zum Tisch, dieser war leer. Und so verließ er das Haus.

Vor der Tür stieß er auf eine Kiste. ‚Zu verschenken' stand darauf, er fischte einen kleinen Rilke-Band heraus und ging weiter. Als er die nächste Bank erreichte, begann er zwischen den Seiten hin und her zu blättern und las natürlich vom Panther. Als Lesezeichen für dieses Poem diente eine Annonce. Man suche Hungerkünstler, die Adresse war ganz in der Nähe. Einer Intuition folgend stand er auf und mit einem Mal vor der schweren Tür. Er wedelte mit dem vergilbten Papier. Aber ja, er wäre genau zur rechten Zeit hier, auf Grund eines aktuellen

Todesfalles, wollte man eben inserieren. Gleich morgen könne er beginnen.

Wieder zu Hause holte er die Zeitung aus dem Postkasten, setzte sich an den Tisch und begann erneut zu blättern. Wo war überhaupt das Buch geblieben? Er konnte sich nicht entsinnen, als sein Blick auf eine Anzeige fiel: ‚Wir trauern um den Hungerkünstler'. Darunter stand sein Name.

Nichts als Staub

Ida ist ein oberflächlicher Mensch. Wie oft das auch allgemein kritisiert wird, bei ihr darf es gar nicht anders sein. Sie verdient ihr Geld, indem sie den Dingen ein ausreichendes Maß an Nichtbeachtung schenkt. Beachtete man die Dinge, schriebe man ihnen nur unnötig eine nicht-existente Bedeutung zu. Ganz ohne Bedeutung geht es aber auch nicht, denn dann büßten die Dinge ihre Sichtbarkeit ein, verschwänden vollständig im Nichts und damit bekäme ihre Arbeit eine Bedeutung, die ihr wiederum nicht zusteht. Auch darum ist ihr das richtige Maß so wichtig. Sie darf nicht auffallen, muss die Unsichtbarkeit, die die Dinge dank ihr verlieren, für sich annehmen. Und so steht sie da, Tag für Tag, jeden Morgen aufs Neue und betrachtet die Dinge.

Während ihrer Arbeit führt Ida täglich eine Metamorphose durch. Alles beginnt mit den Haaren, die bindet sie gleich in der Umkleide zum Knoten und fixiert sie mit einem Duschband. Der Pony steht dann immer etwas stachelig nach oben und mit dem Voranschreiten der Arbeit tun es ihm seine längeren Verwandten gleich. Bald darauf windet sich ihr Rücken unter dem kongoroten Stoff, der ihren

Körper schützt, zu einem Buckel. Wäre es nötig, könnte sie damit zwischen die Dinge steigen, könnte sich beinahe in sie hinein versetzen. Und wären da noch verdrängte Ablagerungen, so könnte sie diese wieder hervorholen, denn wie alle Systeme ist auch das der Umwandlung manchmal fehlerhaft. Zum letzten Versuch darf es nicht kommen, verfehlte Versuchung: bloß keinen Verweis auf ein Ende zulassen. Ganz schwer scheint der Kopf unter der Arbeit zu werden, er zieht sie vorn gen Boden, folgt der Fixierung ihres Blickes, während sie den Dingen ihre Nichtbeachtung aufradiert. Das Ganze darf auf keinen Fall mit zu viel Kraft geschehen, je mehr Kraft, desto mehr Beachtung und so verkrampfen sich ihre Hände in einer pfotenähnlichen Stellung in der Bemühung, ihre Arbeit nicht durch ihre Erledigung selbst zu zerstören.

Dass sie jedoch in all dem keine Meisterin ist, zeigt sich allein schon daran, dass sie die Dinge nicht unterscheiden kann, wenn ein anderer als sie sie betrachtet. Der Zustand des Betrachtet-Seins ergibt sich allein aus Erinnerungen. Erinnert sie ihre Betrachtung, so erreichen die Dinge, wenngleich sie sich ein jedes für sich nicht verändert haben, in ihrer Gesamtheit einen höheren Status. Allein ihr Blick gibt dem Verbund seinen Wert im System.

Das tut sie so lang, bis sie selbst zum Objekt wird, denn eine Seherin hat sie erblickt.

Wie sie ihre Kunde vernahm, geht sie nach Hause, verwandelt sich wieder in die junge, schöne Frau, als die sie des Morgens erschien. Doch am nächsten Morgen schon wird alles zurück in der alten Struktur sein. Die Dinge werden sein, als hätte ihr Blick sie nie gestreift. Dann wird sie sich wieder verwandeln und mit sich den Ausschnitt der kleinen Welt.

Willensstärke

Es war einmal eine Königin, die hatte keinen Titel, doch ihr war das Wort. Tagein und tagaus legte sie die Wörter aneinander und wie sie sprach, so geschah es. Die Königin hatte einen Staat um sich, der arbeitete für sie und für eine bessere Welt, aber am besten arbeitete er – und so ist es oft bei den Menschen, die um ihre Macht wissen, deren Wissen von außen jedoch als zu begrenzt eingeordnet wird – ohne sie.

Die mächtige, doch titellose Königin lebte des Tags mit ihrem Volk und mit dem hoch betitelten Kaiser, dem der Frieden mehr bedeutete als die Macht, in einem Palast, dem dieser in seiner Mission entflüchtete, sofern es ihm möglich war. Der Palast blickte auf eine lange Geschichte zurück, bald schon läge sein ältester Stein dreihundertfünfundsechzig Jahre unbeweglich an seinem Ort und wartete der Dinge, die da kommen sollten.

Die Wache für den Palast entstammte einem anderen Volk, denn niemand in ihm war bereit diesen Posten zu übernehmen. Und so kam an just dem Tage eine Frau, die eine Seherin dort hingeschickt hatte, zu der Wache. Sie war nicht mehr ganz jung, aber fühlte sich so, was jedoch völlig unerheblich war und in keinerlei Zusammenhang zu ihrem Erscheinen oder Handeln stand. Da sie zu dieser Zeit jedoch kein Emblem auf ihrer Bluse trug, wies man sie ab, obwohl ihre Ankunft wohl vorher bekannt war. Erst als sie eine Stunde später mit dem aufgestickten Wappen zurückkehrte, ließ man sie an der Seite der Wache gewähren. Zwar mangelte es ihr an der für die Zunft so typischen Härte, doch wies sie einiges an Geschick und Interesse auf, sodass sie die Feuertaufe bestand. Im Angesicht ihrer Zweifel appellierte die Wache an ihren Willen und bestärkte sie nie zu sagen, sie könne etwas nicht, übergab ihr schließlich die Schlüssel und verabschiedete sich zunächst in den Urlaub und dann für lange Zeit in eine Klinik. Von nun an trug sie die alleinige Verantwortung für die Sicherheit der Königin, des Kaisers und des ganzen Volkes. Diese Verantwortung schenkte ihr die Kraft aufzustehen, um dann lange sitzen zu bleiben. Elf Tage am Stück begab sie sich auf ihren Posten, wartete dort einige Stunden und lief sodann zurück nach Hause. Dort fiel sie erschöpft vom vielen Warten auf ihr Lager und konnte vor Müdigkeit nicht einschlafen. Fielen ihr letztendlich doch die Augen zu, schreckte der Wecker sie im nächsten Moment aus dem Schlaf. Mit jedem Tag, der näher an einem unangerissenen

Sams-zwei-tag lag, fühlte sie sich erschöpfter und die nun folgenden drei freien Tage konnte sie kaum genießen.

Kam eine neue Dame mit einem Emblem, fühlte sie sich sogleich kraftvoller, während sie ihre tägliche Hand erklärte und auch die Neuen klagten nur vereinzelt über Müdigkeit und wenn dann nur in dem Maße, wie es eben üblich ist, wenn man schlecht geschlafen hat. Doch sobald sie ihre Erklärungen beendet hatte und die große Probe ins Haus stand, schwand der neuen Dame ein ums andere Mal die Kraft, als saugte das Haus mit jeder Stunde des Wartens an ihrem Energielevel. Meist hörten sie dann auf die Stimmen von außen, die ihnen zuflüsterten, dass ihnen das nicht zuzumuten sei und sie stand alsbald wieder allein da.

Zuweilen stellten sich neue Damen bei ihr vor, aber sowie sie über die Arbeitszeiten, die es verlangten, dass auf jeden Tag mit zehn Stunden ein zweiter mit vierzehn folgte, aufgeklärt wurden, erklärten sie, dass sie sich der Verantwortung nicht gewachsen sahen, die Sprache des Volkes, die die weltweit meistgesprochene war, zu exotisch und der Weg zum Palast ein unzumutbar weiter war. Sie alle waren

Individuen, auf deren stets gleiche Befindlichkeit der Bequemlichkeit Rücksicht zu nehmen war.

Vor allem aber bemängelten sie, dass das Warten nicht genug sei und damit begingen sie einen recht groben Fehler im Denken, denn alle Existenz ist nichts anderes als ein ständiges Warten. Der Mensch müht, hetzt, gewinnt und strauchelt, nicht selten alles zusammen, dann schreit er: „Schneller" und das Universum lacht. Sollte es einmal eine Planck-Zeit damit aufhören, so wird die Katastrophe längst offensichtlich sein. Doch sie verstanden es nicht und hechelten weiter ihren kleinen Gönnmomenten der Woche entgegen, Maskulinisierung des Seins: Erleben statt Leben. Ihrer Existenz wurde nur in reinem, ungefiltertem Hedonismus Geltung verschafft und dieser war in der Aufgabe des Wächters ganz sicher nicht zu finden.

So gingen die Jahre unmerklich ins Land, der Kaiser war längst durch einen anderen ebenso gütigen abgelöst, da ergab sich der Beschluss, zwei Tage zu einem zusammenzulegen, dafür wurde der eine Tag nun kürzer, als es die zwei zusammen gewesen wären. Und als die nächste der Emblem-Damen vorbeischaute, da drückte sie dieser den Schlüssel in die Hand. Sie packte das dicke Buch, dessen Zeilen sie eng Wort um Wort beschrieben hatte und das eben voll geworden war, in ihre Tasche. Es war so dick, dass der Schmerz auf ihrer Schulter fast unerträglich war, wie sie in ihre Straße einbog. Sie stellte das Buch zu den vielen anderen in ihrem Regal und strich mit der Hand über die Rücken. Dann holte sie den größten Karton, den sie finden konnte, legte die Bücher hinein. Mit Edding schrieb sie: ‚Emmendingen' und gab die Abholung in Auftrag. Erneut griff sie zum Telefonhörer und wählte.

Die Steine von P

Jeden Tag kehrte R von seiner Arbeit in L nach P zurück. P war ein kleines Dorf und als Dorf nichts Besonderes. Es zählte nur wenige hundert Einwohner. In P wohnten vor allem die Alten in ihren kleinen Einfamilienhäusern. Zunächst noch zu zweit, später allein. Wenn es nicht mehr allein ging, wurde das Heim zum neuen Zuhause und ein neues Paar zog in das verwaiste Haus, angezogen von der Stille, bereit allein zu zweit zu sein. P lag so ziemlich genau zwischen zwei größeren Städten. Und diese Lage machte es naturbedingt zu einem der noch ruhigeren Dörfern unter den ruhigen Dörfern. Wollte man in eine der beiden Städte, musste man erst eine ganze Reihe anderer Dörfer durchqueren, alle größer und belebter als P.

Es waren jedoch längst nicht nur die Winzigkeit und die Ruhe, die P zu einem Dorf machten, das sich außerordentlich von all den anderen in seinem Land unterschied. In P gab es kein Zentrum, denn P hatte zwar einen Friedhof, doch keine Kirche. Und auch ein Rathaus gab es nicht, der Dorfrat tagte einmal monatlich im Gemeindehaus, einem ehemaligen Einfamilienhaus, dessen Bewohner schon vor Generationen gestorben waren und das sich rein äußerlich mitnichten von den anderen Häusern im Dorf unterschied. Ja selbst die Grundschule, die in einem Doppelhaus untergebracht war, war nur als solche zu erkennen, weil die Fenster der vier Räume von bunten Buchstaben, die von Tieren in deren kleinen Pfoten gehalten wurden, geziert wurden. Und weil das Zentrum fehlte, fehlten auch ein Tante-Emma-Laden, ein Kiosk und eine Dorfkneipe.

Es gab nur ein einziges Gebäude, das sich optisch von der Vielfalt der kleinen Häuschen unterschied und diese überragte. Dies war die Fabrik. Sie lag außerhalb des Dorfes, nur die Einheimischen wussten, dass sie zu ihm gehörte. Der Durchreisende glaubte sich schon im nächsten Dorf, wenngleich die nächsten Häuser durch mehrere Kilometer an Wäldern und Feldern getrennt waren, doch eine Fabrik in diesem Dorf konnte sich einfach keiner vorstellen. In der Fabrik wurde Porphyr verarbeitet. Tagaus und tagein transportierten Lkws beständig Tonnen von Gestein aus der Kiesgrube hinein. Nicht nur den ganzen Tag hindurch, vor allem auch in der Nacht herrschte reges Treiben auf dem Gelände. Fortwährend stellten Arbeiter Ladungen zusammen, die dann des Nachts über die Dorfstraße von P nach L und von da auf die Autobahn gebracht wurden. Die Dorfstraße war der einzige Weg zur Autobahn. Sie bestand aus den Porphyrpflastersteinen der Fabrik. Die ganze Nacht hindurch stolperten die Lastkraftwagen über diese Straße, die wie ein Schlauch von zwei Dritteln der ein- und zweistöckigen Häuschen umsäumt war. Die Steine polterten auf der Rampe und unter den Reifen, als freuten sie sich einander nach all den Generationen wieder zu sehen, sie begrüßten die anderen und traten in einen nächtlichen Dialog. Sie tauschten sich aus über die Neuigkeiten vom Mutterfels und die Zukunft auf den Wegen dieses Landes. Die Dörfler hörten die Steine nicht, sie waren die Gespräche von Kindesbeinen an gewöhnt. Nur die hinzugezogenen jungen Paare hatten oft schlaflose Nächte vor sich, bis sie sich an die fortwährende Kommunikation der Steine gewöhnt hatten. In der Fabrik waren nur Arbeiter von auswärts beschäftigt. Kein Dörfler hatte je hier gearbeitet. Nicht seit diesem einen Tag im Herbst 1967.

Wie immer war der zweite R an diesem Morgen zu seiner Arbeit in die Fabrik gegangen. Er schulterte die Tasche mit den Stullen und der Thermoskanne. Er hatte keinen weiten Weg vor sich. Zwei Tage waren schon geschafft und am Abend lägen nur noch zwei vor ihm. Nach dem Frühstück war er ausreichend gestärkt für die acht Stunden am Förderband. Die Arbeit ging ihm leicht von der Hand, er war in seinem Rhythmus, arbeitete in dem Takt, den das Band ihm vorgab. Gegen zehn Uhr durchfuhr ihn ein leichtes Frösteln. Und da begab es sich, dass seine Augenlider mit einem Mal schwer wurden. Er kämpfte gegen die unsichtbare Kraft an, wollte die Augen nicht schließen, da sah er auch schon nur noch diese bläulich-schwarze Leere und sie wurde eins mit dem Grau-Schwarz des Bandes, als sein Kopf von einer Sekunde zur nächsten nach vorne weg sank. Er fiel auf das Transportband, doch das merkte er schon nicht mehr. Ein paar Meter ward sein Körper noch vom sich bewegenden Kopf mitgeschliffen, bis ein Kollege ihn vom Band zerrte. Er war nicht ansprechbar. Der Schlaf hatte ihn gleich eines Komas ganz für sich eingenommen, ein Schlaf, der noch vor einer Minute undenkbar gewesen war. Eben noch hatte sich R_2 doch ganz und gar fit gefühlt. Man legte ihn ins Krankenzimmer, wo er bis zum Abend schlief.

Als er erwachte, konnte er sich an nichts erinnern. Es wuchsen diverse Gerüchte, man munkelte von Alkoholmissbrauch, die Kollegen tuschelten noch einige Wochen, dann rückte das Geschehen allmählich zurück ins Dunkle, wo es das Vergessen schluckte.

Drei Tage nach dem Vorfall setzte sich Opa Willy nach seinem Besuch auf dem Friedhof auf die Bank unter der Linde, um zu verschnaufen. Eine bleierne Müdigkeit fiel über ihn, er schlief ein und als er neunzig Sekunden später erwachte, wusste er von nichts. Er stand auf und ging nach Hause. Und da ihn niemand bei seinem Schlaf gesehen hatte, konnte auch keiner einen Zusammenhang herstellen und selbst wenn ihn jemand beobachtet hätte, so hätte sein Schlaf doch so natürlich gewirkt, dass es unmöglich gewesen wäre, eine Verbindung zu jenem Vorfall drei Tage zuvor in der Fabrik herzustellen. Und so war der Vorfall schon vergessen, wie er geschehen war.

Die Tage wurden kürzer und kälter. Ein weiterer Arbeiter stand eben im Pausenraum, als ihn das Übel der Müdigkeit überkam. Eben noch hatte er einen trockenen Mund gehabt und wie er das Glas unter die Leitung hielt, kippte er auch schon weg. Als man ihn fand, war die Aufregung groß. Man wusste nicht, was geschehen war, wieso er hier im Pausenraum lag, das leere Glas gleichsam unversehrt neben ihm. Man ließ einen Arzt kommen. Er konnte nichts feststellen, diagnostizierte ein Koma, dessen Ursache ihm unbekannt war.

Wenige Stunden später kippte Hanna im Unterricht der Kopf auf die Bank. Der Lehrer war wütend, da sie sich so offensichtlich nicht für seinen Unterricht interessierte. Er wollte sie mit einer plötzlichen Frage aufschrecken, doch jede Ansprache, jedes Rütteln blieb ergebnislos. Kurz vor dem Pausenklingeln erwachte sie, bestritt dem Lehrer gegenüber jedoch im Unterricht geschlafen zu haben, obgleich sie sich nicht an den Inhalt der Stunde erinnern konnte.

Nun häuften sich die Vorfälle allmählich. Immer wieder fielen einige der Einwohner plötzlich in den Schlaf, manchmal nur für Sekunden, ein anderes Mal für Tage. Die bisher verschonten hatten Panik, wann die Epidemie sie treffen würde. Dann verebbte die Welle wieder, bis sie einige Monate später erneut ausbrach. Die Krankheit befiel nur die Einwohner, Gäste und auswärtige Arbeiter blieben verschont und an der Dorfgrenze machte die Krankheit Halt. Die Ärzte glaubten an einen Virus, an ein Bakterium, doch sie fanden nichts im Blut der Menschen. Auch das Wasser, die Luft und die Steine zeigten keine Auffälligkeiten. Die Tiere blieben gesund. Wer einmal erkrankt war, den konnte es wieder treffen, oder aber auch nicht. Es gab keine Regel, der Schlaf war so normal wie unerklärlich. Unerklärlich für die Menschen, denn die Steine wussten das Geheimnis.

Ausgezeichnet

Als er von der Gehaltserhöhung und der damit verbundenen Versetzung in den kleinen Küstenort mit seiner langjährigen Tradition in den Bereichen Versicherungen und Kaffeeverarbeitung hörte, war er voller Vorfreude, bis ihn der Chef mit den Worten: „Dort gibt es nichts zu tun und Sie sind genau der richtige Mensch dies zu tun" in die neue Heimat verabschiedete.

Da liegt der Stuhl begraben

Ida ging zur Arbeit. Sie mochte ihren Job. Auf Arbeit war es ruhig und ein bisschen weniger langweilig als zu Hause, auch wenn sie bis auf wenige Unterbrechungen nichts zu tun hatte auf dieser Arbeit. Es war eine Fensterguckposition und in dieser war sie unabdingbar. Kein anderer erklärte sich bereit sie in dieser Funktion zu unterstützen. Und ihre Funktion war eine wesentliche. Ihre Anwesenheit war unerlässlich. Wäre sie einmal nicht erschienen, sei es aus gesundheitlichen Gründen oder gar, um so etwas wie Urlaub, einen Ausbruch aus der täglichen Routine, zu nehmen, es hätte ihre Stelle kurz später nicht mehr gegeben. Manchmal kam es ihr vor, als hätte die Frau bei der Agentur für Arbeit, die ihr diese Anstellung – wie für sie geschaffen – vermittelt hatte, sich kurz vorher in den Duineser verloren. Ein ‚Wie' als simples Füllwort, bedeutungslos. Nun saß sie da fest, auf ihrem Schemel abseits und starrte Stunde um Stunde bald auf die Holztür vor ihr, bald auf die Glastür neben ihr. Gab es denn zwei Arten zu richten? Für viele zugänglich und auch sie mehrmals täglich umfassend?

Für Ida gab es nur noch dies hier, das Arbeitsleben. Das Arbeitsleben war gleich Leben. Es fügte ihrer Existenz eine Aufgabe hinzu. Und doch war dieses, ihr Leben so anders als all die Leben da draußen. Wenn andere sich nach getaner Arbeit auf die Couch fallen ließen, in der Küche einen kleinen Snack zubereiteten und sich dann ihren Hobbys oder anderen Zerstreuungen widmeten, so bestand ihr Feierabendritual darin, die Jacke an den Kleiderhaken zu hängen, Hose und Hemd in das Körbchen daneben gleiten zu lassen und die Zähne zu putzen, um dann möglichst flink ins Bett zu eilen. Selbst wenn sie sofort einschliefe, eine halbe Stunde brauchte sie, bis sich Puls und Herzschlag vom hastigen Heimweg normalisiert hatten und dann blieben ihr mit Glück noch sieben Stunden bis zum Klingeln des Weckers. Zumindest theoretisch, realistischer war, dass ihr Körper die gesamte Länge eines Fußballspiels benötigte, ausreichend Melatonin zu produzieren, oftmals inklusive Halbzeitpause. Und so summierte sich der Schlafmangel über die Woche.

Doch jeden Morgen stand sie zügig auf, tapste ins Bad und manchmal war sie nicht weniger benommen, wenn sie exakt siebzehn Minuten später die Wohnungstür hinter sich zuzog.

Dann beschritt sie den üblichen Weg. Sie grüßte die Mitarbeiter, die keine Kollegen waren. Meist grüßten sie zurück. Sie betrachtete den Bildschirm und die Türen, bis die Zeit heran war, Feierabend. Kein Grund zum Feiern, viel lieber hätte sie sich gleich unter dem Schreibtisch zusammengerollt, den Futon aus dem Spind geholt, es sich gemütlich gemacht und den Komfort eines Bettes gegen eine Stunde zusätzlichen Schlafs eingetauscht.

Nur Geduld: Auf Freitage folgten Samstage und auf die viel zu langen Kaugummisonntage auch irgendwann wieder die Montage. Montags war Tag der Montage. Sobald sie den Aufgang zum Gebäude emporstieg, fühlte sie sich wieder zusammengebaut. Der Schmerz des Arbeitsentzugs linderte sich. Auf Arbeit war es weit einfacher ein wenig des Nichts zu tun als in ihrer kleinen Wohnung. Ihr Kühlschrank und die Putzutensilien waren die heimlichen Satanswerkzeuge, die sie verführten, die Tasten des Laptops unangetastet zu lassen. Am glücklichsten wäre sie wohl gewesen, mit dem Schreibtisch zu verschmelzen und so ein Teil des altehrwürdigen Hauses zu werden. Doch statt des Tisches traf es den Stuhl. Und wie ihr Stuhl so unbesetzt geblieben war, rollte man ihn in den Keller. Da so ohne Funktion wurde er mit dem nächsten Sperrmüll nach Berlin entsorgt. Es half kein Schreien und kein Klagen. Eine junge Praktikantin ließ ihre ausladende Kehrseite auf ihm nieder und nahm ihr so die Luft. Und endlich wurde sie ruhiger. Ihre Augen öffneten und schlossen sich.

Wörter vom Himmel

Ihr Chef verschob ihre Schichten oft unangekündigt, ob Krankheit oder kurzfristige Termine der Kolleginnen, an sie wurde stets zuerst gedacht. Dann klingelte ihr Mobiltelefon und sie eilte des Morgens geschwinden Fußes zu dem kleinen Frisiersalon, den Boulevard entlang, bog in eine der Seitenstraßen, wo die Eingangstür sie verschluckte. Sie klagte nie über diese Anrufe, über die Chance, ihre schmale Kasse ein wenig zu füllen, reichte der schmale Verdienst doch oft nur den dreiviertelsten Teil des Monats. Sie arbeitete hart, schon als kleines Mädchen hatte sie von nichts anderem geträumt, als die Menschen schöner zu machen, war fasziniert wie die Farben und Schnitte ein Gesicht veränderten. Und so hatte sie ihre acht Schuljahre mehr schlecht als recht hinter sich gebracht und die Nachmittage für verschiedene Haarexperimente mit den Schulfreundinnen genutzt. Hier fühlte sie sich lebendig.

Ihre Kunden im Salon waren heute leider nur selten derart experimentierfreudig. Nur die Spitzen bitte! Genau wie auf dem Foto soll es werden. Es waren stets die gleichen drei Schnitte. Und dazwischen immer wieder alte Damen, die ihre herausgewachsenen

Locken neu aufdrehen ließen. Sie schnitt, Zentimeter um Zentimeter Haar glitt zu Boden, sie färbte, föhnte und stylte. Wenn sie auch Punkt acht Feierabend hatte, verließ sie doch selten vor halb zehn den Laden. All das gefallene Haar wollte weggefegt, das Arbeitsmaterial gepflegt werden. Sie putzte und räumte alles zurück an den alten Platz, ohne auch nur einen einzigen Cent für diese zusätzlichen Mühen zu erhalten. Und doch, sie liebte ihren Job. Die zufriedenen Gesichter der Kunden entschädigten für das wenige Geld und sie war erster Anlaufpunkt für Klatsch und Tratsch in High Society und Nachbarschaft.

Nun aber, die Uhr auf dem Dach der Litfaßsäule zeigte zehn Uhr, schon Stunden war es dunkel, machte sie sich auf den Heimweg. Noch war der Gehweg trocken, doch im Schein der Laternen tanzten bereits die ersten Schneeflocken. Als sie sich im Kunstpelz ihres Mantels verfingen, beschloss sie sich zu beeilen, solang die Flocken so klein blieben, konnte sie noch trocken nach Hause kommen.

Doch ihre Hoffnung sollte keine Spuren in der Wirklichkeit hinterlassen und als sie an einer Ampel Halt machte, registrierte sie, dass die Eiskristalle keine Sterne sondern Buchstaben bildeten.

Buchstabensuppenschnee? Spielte ihre Wahrnehmung ihr einen Streich? Noch einmal hingeschaut. Nein, es waren eindeutig Buchstaben! ‚Indigniert'. „Was sollte das nur heißen?", fragte sie sich ganz außer sich vor Entrüstung. Die Buchstaben ergaben Wörter. Es waren große Wörter, doch für sie waren sie nur leer und ohne Bedeutung.

Als die Flocken noch größer wurden, vernahm sie vom Asphalt her ein stetiges Trommeln, wenn die harten Flocken auftrafen. Der Wörterhagel stach in die gerötete Haut ihres Gesichts, das bald dumpf zu brennen begann. Ein ‚Ogival' traf ihre Wange und ein kleiner Tropfen Blut trat hervor.

Sie schaute nach links zu dem kleinen Lampengeschäft. Sollte sie sich kurz unterstellen? Doch sie war müde, sie wollte nach Hause. Und so eilte sie weiter. Da schlug vor ihr ein Schneeblock auf den Boden. Erschrocken sprang sie zur Seite. Der Block war so groß wie ein Mauerstein und unregelmäßig durchbrochen. Neugierig warf sie einen zweiten Blick darauf. Sie kauerte nieder. Er bestand aus einzelnen weißen Buchstaben. ‚Suade', entzifferte sie, schreckte zurück und rannte, als ginge es um ihr Leben. Dass die Wörter nun nicht nur friedlich vom Himmel fielen, sondern gar drohten sie zu erschlagen, war zu viel. Nichts wie weg hier. Stets ein Auge gen Himmel gerichtet, lief sie im Zickzack die Straße entlang, wich bald nach links, bald nach rechts aus.

Es erinnerte sie an dieses Konsolenspiel, was sie oft als Kind gespielt hatte, doch dies war das wahre Leben! Wenigstens wurde der Hagel somit nicht im nächsten Level schneller.

Sie eilte durch das Tor vor dem Einkaufszentrum. Das Tor? Seit wann stand hier ein Tor? Am Morgen war es noch nicht da gewesen. Sicher eine dieser Kunstaktionen im Zusammenhang mit der neuen Galerie, nur wieso hatte sie bisher nichts davon gehört? Kein Kunde hatte ein Wort darüber verloren und auch im Radio hatte niemand davon berichtet. Ein Tor in Form eines Wortes, sie verstand das, was man zeitgenössische Kunst nannte, einfach nicht. Der Verrat am Quadrat. Sie eilte zwischen dem ‚M' und dem ‚A' hindurch.

Als sie die Ampelkreuzung erreichte, war der Hagel sogar fast völlig zum Erliegen gekommen. Zum Aufatmen blieb ihr dennoch kaum Zeit, hier erwartete sie die nächste Überraschung. Ein riesiger Bau blockierte die Kreuzung. Als sie davor stoppte und atemlos nach oben schaute, schien die Mauer nach oben kein Ende zu nehmen. Sie blickte nach rechts und links, auch hier war nichts als endlose Mauer zu sehen, kein Anzeichen, in welche der beiden Richtungen sie sich wenden sollte. So war es auch egal und sie entschied leichten Herzens, schritt zügig weiter, zum Laufen fehlte ihr der Atem. Immer an der kalten, weißen Mauer entlang. Kein Auto war in Sicht, die Fenster der Häuser waren ungewohnt dunkel. Die Zeit verging, die Mauer zog sich fort, schon tauchten rechter Hand die ersten Vorstadthäuser auf. Weiter voran, doch was, wenn die Mauer nie endete? Wenn sie erst einen Durchbruch erreichte, müsste sie an der anderen Mauerwand zunächst zurückwandern und morgen früh noch einmal diesen Marathon, um auf Arbeit zu kommen. „Da hätte ich doch gleich im Laden bleiben sollen", schoss es ihr durch den Kopf. Sie stoppte und machte kehrt. Dass das ‚B' nur noch dreihundert Meter länger war, blieb ihr verborgen. Sie ging den ganzen Weg zurück. Er erschien ihr viel länger als der Weg zuvor. Sie war noch immer müde, es dämmerte schon. Doch endlich erreichte sie die Ladentür, holte den Schlüssel aus der Manteltasche und wollte ihn eben im Schloss drehen, da machte sich ein Wort von der Regenrinne los. An einem

Eiszapfen hatte es dort gehangen. Die Erdanziehung verlieh ihm immer mehr Geschwindigkeit, bis es ihren Kopf traf und sie zu Boden riss. ‚Karoshi' lag neben ihrer Leiche.

Der Sonnenuntergang

Endlich achtzehn Uhr. L ward es leicht ums Herz als er das Gewerbegebiet an diesem Samstag nach Dienstschluss verließ. Zweiundsechzig Stunden hatte seine Arbeitswoche umfasst, nur sonntags hatte er in der Regel frei. Die Arbeit war weder geistig noch körperlich sonderlich fordernd. Doch was sie von ihm nahm, war seine Zeit. Aufstehen, arbeiten, nach Hause, schlafen; am nächsten Tag der gleiche Wahnsinn von vorn. Durch die Arbeitswege blieben ihm gewöhnlich keine sieben Stunden für den Schlaf. Er freute sich auf einen Sonntag nur für sich. Ohne Arbeit. Er rannte den kleinen Pfad zur Straße empor, tänzelte den menschenleeren Trottoir zur Tram entlang, an der Ampel drückte er pflichtgemäß den gelben Knopf am Laternenpfahl und wartete auf das grüne Licht, das ihm erlaubte die zu dieser Stunde spärlich befahrene Fahrbahn zu überqueren. Gemächlich schritt er auf die Bahn zu, kramte in seiner Westentasche nach einem Ticket, was er sobald vom Automaten entwerten ließ. Er rutschte auf seinen angestammten Platz, nahe der Tür, an der er aussteigen musste und mit maximaler Beinfreiheit.

Die Bahn fuhr an. Er legte den Kopf in den Nacken. Sie hielt, fuhr wieder an. Zwei Stationen später glitt sein Blick nach draußen auf die vorbeiziehende Landschaft. Über dem Feld stand die glühende, warm-orange Sonne. Sie färbte die um sie liegenden Wolken in einem zarten, romantisch anmutenden Rosé. Fast war ihm, als täte es auch ihr leid, für diesen Tag schon Adieu zu sagen, als klammere sie sich an die Wolken, damit diese sie hielten, sie nicht untergehen ließen nur einen Augenblick noch. Im Austausch schenkte sie ihnen die tausend Nuancen von Rot, die das menschliche Auge seit jeher faszinierten. Und so konnte auch L seinen Blick nicht abwenden. Mit Bedauern dachte er an das Ende des Tages und ärgerte sich im Geheimen die letzten Schritte zu seinem Haus schon wieder im Halbdunkel gehen zu müssen. Die Sonne war verschwunden, mit einem letzten Kirschblütenton verkündete sie ihren Abschied.

L erwachte aus den Gedanken, denen er nachgehangen hatte. Er konnte sich nicht erinnern, wann er den Sonnenuntergang zuletzt so bewusst träumerisch betrachtet hatte. Eine Stimme verkündete seine Haltestelle und er begab sich auf den Fußsteig, ging gemächlichen, aber bestimmten Schrittes die Kurven auf den Wohnblock zu. Der Schlüssel schloss ihm die Tür und er las das Schild ‚Außer Betrieb!', was am Fahrstuhl angebracht war. „Blöde Physiker-WG unter mir", dachte er bei sich, während er die ersten Stufen der Treppe hinaufstieg. Nach der vierten Etage merkte er, wie ihm die Schritte schwerer und schwerer wurden. Seine Oberschenkel begannen zu ermüden und schienen ihn zurück nach unten zerren zu wollen, ihn zwingen zu stoppen, doch er schritt weiter. Jeden Muskel seiner Beine spürte er, bewusst setzte er Fuß vor Fuß, schlich die Treppen ab der sechsten Etage schon nur noch hinauf. Sein Atem glich einem Hecheln. Sein Rücken zwackte mit einem Mal, schon konnte er sich nicht mehr aufrecht halten, vornüber gebeugt humpelte er weiter, er war schon in der neunten, noch zwei Etagen, gleich hätte er es geschafft, den rechten Fuß auf die nächste Stufe, den linken zog er nach. Seine Hände kamen ihm ungewohnt faltig vor, er zog sich am Geländer hinauf. „Dass mich die Arbeit so geschafft hat, gewiss es waren viele Stunden, doch ich habe ja kaum etwas gemacht", schoss es ihm durch den Kopf. Mit zittrigen Händen tastete er nach dem Schloss. Die Dinge waren auf einmal so verschwommen vor seinen Augen und auch die Farben ganz andere als in seiner Erinnerung. Er schnaufte und rang nach Luft. Endlich konnte er den Schlüssel ins Schloss stecken und drehte ihn. Er stieß die Tür zum Wohnzimmer auf, die Schuhe behielt er an und glitt erschöpft auf die Couch. Sein Atem ging unruhig, doch sein Blick fiel auf das Fenster vor ihm. Im ersten Moment glaubte er seinen Augen nicht trauen zu können.

Da war sie wieder. In einem strahlenden Rot stand die Sonne am Horizont. All seine Beschwerden waren mit einem Mal wie vergessen. Er sprang auf. Voller Freude trat er ans Fenster und riss es auf. Die Sonne ging abermals unter. Es handelte sich um denselben Sonnenuntergang, den er vor zehn Minuten bereits einmal aus der Bahn heraus beobachtet hatte und dabei hatte er doch gar nicht viel tun müssen um ihn noch einmal, diesmal in Ruhe betrachten zu können. Er hatte kein Flugzeug besteigen müssen, eine viel kleinere Veränderung seines Standpunktes hatte genügt. Voll von Glück stand er noch lange am Fenster und schwenkte den Rotwein im Glas. Als die Sonne längst verschwunden war, dachte er überzeugt: „Dies war ein schöner Tag."

Inhalt

Exposition	5
Die Muse ist tot – Es lebe die Muse	6
Lebensgeschichte	8
Und wenn da doch ein Sinn ist?	15
Aphorismus über Aphorismen	24
Der Schlüssel	25
Wachsende Beliebtheit	27
Widerstand zwecklos	33
Zwanzig Sekunden	41
Kirschen essen	50
Nur nicht allein sein	55
Unfall	60
Tinder Boy	63
Das Leben ändern	68
Leben im Konjunktiv	75
Die große Liebe	81
Das Seil	87
Putztag	93
Die Andere	98
Aktives Leben	104
Raphael	109
Die vier Zwerge der Advente	121
Ob Nähe eine Frage der Distanz ist	130
Die Spiegelfrau	136
Die Frau, die Schmetterlinge pupste	139

Sperrzone oder: Als es ihr Fourchette noch gab	144
Posteinwurf	151
Stadtporträt	158
Als Anna neulich weinte	160
Carbonbetonherz	161
Ein wenig Mühe nur	169
Hat wer angerufen?	174
Die Kugelbahn	178
Nichts als Staub	185
Willensstärke	188
Die Steine von P	193
Ausgezeichnet	200
Da liegt der Stuhl begraben	201
Wörter vom Himmel	205
Sonnenuntergang	211

Felice Siana - Poeamorie

Wenn Erotik auf Poesie trifft, nisten sich deren Bilder in Fantasiewelten ein und krallen sich an menschliches Begehren. Worte spielen nicht nur mit ihresgleichen, sondern auch die Begegnungen von Körpern nach. Daraus entsteht ein multisemantisch funktionierendes Netz des Wiederholungsklangs. Träume jenseits der romantischen Zweierbeziehung des Hollywoodfabrik verlangen nach alternativen Beziehungskonzepten. Deren Ideale sind kommunikative Gebilde frei von Eifersucht und Besitzansprüchen. Vom Entstehen bis zum Vergehen werden sie mit allen Schwierigkeiten und Vorzügen metrisch begleitet. Die modernen Verse holen hervor, was unter der Oberfläche von Polyamorie und Beziehungsanarchie liegt. 65 Gedichte über Liebe, Lust und Lyrik.

BOD 2018, 68 Seiten, 4,95€,

978-3-7528-0275-7

J. P. Conrad - Veranda

Was muss passieren, damit ein Mensch zum Monster wird? David Snow ist ein erfolgreicher Londoner Psychiater. Sein friedliches und geordnetes Leben fällt ins Chaos, als er eines Tages eine schockierende Nachricht auf seinem Smartphone erhält: Jemand hat seine Frau entführt und zwingt ihn, auf seiner gut einsehbaren Veranda zu bleiben. David ist sofort klar, dass er auf Schritt und Tritt beobachtet wird und so keine Chance hat, unbemerkt Hilfe zu rufen. Als die Entführer David ihre wahren Absichten offenbaren, erkennt er, dass es ihnen nicht um Lösegeld geht; sie haben einen viel perfideren Plan ...

BoD 2018, 156 Seiten, 7,90 €,

978-3-7448-8600-0